Eichendorff zum Vergnügen

Eichendorff zum Vergnügen

Herausgegeben von
Martin und Ulrike Hollender

Mit 12 Abbildungen

Philipp Reclam jun. Stuttgart

RECLAMS UNIVERSAL-BIBLIOTHEK Nr. 18798

Umschlagillustration: Nikolaus Heidelbach, Köln
Umschlaggestaltung: Eva Knoll, Stuttgart
Gesamtherstellung: Reclam, Ditzingen. Printed in Germany 2011

ISBN 978-3-15-018798-2

www.reclam.de

Inhalt

Vorwort

Wer kennt sie nicht, so bekannte Verse wie »Schläft ein Lied in allen Dingen, / Die da träumen fort und fort« und »In einem kühlen Grunde / Da geht ein Mühlenrad« oder auch »Es war, als hätt der Himmel / Die Erde still geküsst«. Und mancher hat als Kind ein Weihnachtsgedicht auswendig gelernt und den Eltern und der Familie unter dem Tannenbaum vorgetragen: »Markt und Straßen stehn verlassen, / Still erleuchtet jedes Haus, / Sinnend geh ich durch die Gassen, / Alles sieht so festlich aus.« Diese Verse stammen ebenso aus der Feder von Joseph von Eichendorff (1788–1857) wie auch »Es haben viel Dichter gesungen / Im schönen deutschen Land, / Nun sind ihre Lieder verklungen, / Die Sänger ruhen im Sand.« Gerade durch die Sänger, die Männergesangsvereine und singenden Wandergruppen sind die Gedichte des Romantikers, der zu den meistvertonten deutschen Dichtern zählt, in den lyrischen Erinnerungshaushalt der Deutschen eingeflossen. Durch die unzähligen Vertonungen haben viele von Eichendorffs Gedichten eine weitgehend anonyme Popularität erreicht – bei vielen Liedern hat man ihren Dichter Eichendorff längst vergessen und sie zu Volksliedern erklärt: »O Täler weit, o Höhen, / O schöner, grüner Wald« oder »Wem Gott will rechte Gunst erweisen.«

Doch dies ist nicht die einzige Besonderheit von Eichendorffs Versen: Viele Gedichte sind erst recht spät in separaten Gedichtbänden herausgekommen; sie erschienen zunächst in Almanachen oder eingefügt in sein Erzählwerk. Das bedeutet, sie waren beispielsweise als Wanderlieder integriert in Erzählungen und Novellen, von denen *Aus dem Leben eines Taugenichts* sicherlich die bekannteste ist. Eben diese Figur des sorglos und singend umherwandernden Naturburschen erscheint in der gängigen Auffassung als prototypisch für Eichendorffs Gefühls- und Figurenkanon. War der *Taugenichts* womöglich ein Wunschbild des unzufriedenen Beamten Eichendorff, der 1805 ein Jurastudium in Halle aufgenommen hatte, das er 1807 in Heidelberg fortsetzte und nach der Teilnahme an den Befreiungskriegen in Wien abschloss? Ab 1820 war Eichendorff Regierungsrat in Danzig, anschließend Oberpräsidialrat in Königsberg. 1831 gelang es ihm, in Berlin am Kultusministerium tätig zu werden, doch das ungeliebte Beamtendasein und die Entfernung von der Heimat hinterließen fast zeitlebens eine unauslöschliche Unzufriedenheit, die freilich gepaart war mit der schmerzhaften Gewissheit, dass die »schöne alte Zeit«, die unbeschwerte Zeit des Landadels, die Zeit seiner Kindheit auf Schloss Lubowitz bei Ratibor in Oberschlesien unwiederbringlich verloren war. Vielleicht war es eben das Wissen um diesen Verlust, das die Schönheit der nun von Technologie, Industrie und Revolutionen bedrohten Welt erst recht bewusst machte und in Eichendorffs Werken ein Kaleidoskop an Variationen des immer gleichen Figuren- und Bildermaterials hervorrief. Dennoch scheiterte Eichendorff nicht an der neuen Welt. Seine tiefe Religiosität und sein Glauben an die Macht der Poesie ermöglichten eine poetische Kreativität, die offenbar von dem Motor angetrieben wurde, gerade angesichts des Wandels in Gesellschaft, Natur und Arbeitswelt die *alte* Welt um so strahlender in der Poesie zu erhalten.

Wie ist es dem Dichter und seinen Werken ergangen in den vergangenen beiden Jahrhunderten? Bis weit ins 20. Jahrhundert hinein zählte Eichendorff vor allem durch seine Volkstümlichkeit zu den beliebtesten deutschen Dichtern. Es gab kaum ein Stück Prosa und reiner Poesie (der *Taugenichts* verbindet beide Gattungen), mit dem sich die Deutschen rückhaltloser identifiziert hätten als mit dieser Novelle. Manch einem – und dies auch noch in der zweiten Hälfte des 20. Jahrhunderts – erschien es fast als ein Vaterlandsverrat und beinahe eine Schändung eines literarischen Nationaldenkmals, wenn man öffentlich eingestand, den »deutschesten der deutschen Dichter« doch eher für mittelmäßig oder gar langweilig zu erachten. Besonders den Heimatvertriebenen bot der Schlesier Eichendorff Trost und Erinnerung an die verlorene Heimat, hatte er doch selbst den Verlust von Schloss Lubowitz sein Leben lang betrauert und literarisch verarbeitet. Seine Landschaftsbeschreibungen sind indes weniger regionaltypisch, sondern eher emblematischen Ursprungs, symbolhaft, weshalb er in den Augen Adornos »kein Dichter der Heimat, sondern der des Heimwehs« ist.

Einer der wenigen, die sich dazu bekannt haben, in Eichendorff einen zwar liebenswerten, bescheidenen und gottesfürchtigen Vertreter der romantischen Epoche zu sehen, ihn aber gleichzeitig der Haus- und Altbackenheit, der überspannten und weltfernen Schwärmerei und der albernen Mondscheinverehrung zu bezichtigen, war der Romancier und Publizist Hermann Kesten in seinem Buch *Meine Freunde die Poeten* aus dem Jahre 1959. Eichendorff sei »ein Philister, der in aufgewühlten Zeiten ein nüchtern banales Leben führte, ein nationalistischer Reaktionär ohne politische Leidenschaft«, heißt es in dem respektlos-erheiternden Essay Kestens über Joseph von Eichendorff. Und er habe »wahrscheinlich das kleinste Vokabular unter allen deutschen Klassikern« – »die ganze formelhafte Butzenscheibenpoesie, die schlechten Reime auf Herz und Schmerz, Lust und Brust, Welt und Feld, Wald und schallt kehren endlos wieder. Hat man ein Gedicht gelesen, kennt man den Ton aller, eine Prosaseite steht für tausend.« In Eichendorffs Romanen gebe es »mehr Pferde als Vernunft«, in seinen Werken »viel mehr Schlösser und Ruinen als in ganz Deutschland«. Die »mitreißende Kunst des romantischen Kitsches« wird von Kesten ebenso mitreißend persifliert. Gleichwohl – und ohne hier mit Kestens zumindest einäugiger Sichtweise ins literaturwissenschaftliche Gericht ziehen zu wollen –: gegen die Tatsache, dass Eichendorff der nach Heine wohl meistvertonte Romantiker ist und seit nunmehr über 150 Jahren zu den beliebtesten deutschen Dichtern und Erzählern gehört, kann auch Kesten nicht an.

Warum aber heute noch Eichendorff – obendrein »zum Vergnügen« – lesen? Wenn man Hermann Kesten glaubt, ist nichts in der deutschen Literatur weltfremder und illusionsgeladener als die Poesie Eichendorffs. Dennoch: es besteht eigentlich gar keine so große Diskrepanz zwischen wirklicher Welt und Eichendorffs erdichteter Welt. In seinen Grundzügen stimmt das in der Poesie vermittelte Weltbild Eichendorffs durchaus überein mit großen Teilen der politischen, sozialen, religiösen und privaten Verhältnisse, wie sie in der romantischen Ära tatsächlich existierten. Und da mag uns Eichendorff helfen, die so weit entrückte Welt des frühen 19. Jahrhunderts besser begreifen zu lernen: so, wie Eichendorff das Deutschland der Biedermeierzeit beschreibt, so war es partiell, zumindest nämlich für die herrschenden Klassen: die Arbeit wurde vom nur beiläufig einmal erwähnten Volk verrichtet, der Adel verprasste auf seinen Schlössern die Erträge dieser Arbeit und genoss ein erquickliches, sorgenfreies Leben auf der Jagd, bei Festen und Bällen, in Gartenlauben und Rokokogärten. So wie sich bei Eichendorff ganz überwiegend die Aristokratie artikuliert, so war es auch im ›richtigen Leben‹: das Volk spielte im öffentlichen Leben eine verschwindend geringe Rolle. Die Vorherrschaft des Adels im gesellschaftlichen Leben und im politischen Gefüge stand für Eichendorff außer Frage. Der Adel habe sich selber zu reformieren, damit er nicht statisch werde und von einer proletarischen Revolution hinfortgerafft würde, gleichwohl: bei der Aristokratie hat sich in Eichendorffs Anschauung alles nur darum zu verändern, um letztlich so zu bleiben, wie es immer war. Eine Beteiligung des Volkes an der Lenkung der deutschen Staaten war für Eichendorff wie für viele seiner Zeitgenossen jenseits ihrer Vorstellungswelt.

Wer Eichendorff liest, begreift rasch die so ganz anderen Prioritäten in den Lebensformen der romantischen Epoche: der Krieg ist noch eine Selbstverständlichkeit, ob seiner Nebenwirkungen verhasst zwar, aber auch wieder ersehnt, eine immer wiederkehrende Selbstverständlichkeit, die ihr Gutes darin hat, Veränderung zu erzeugen, verkrustete Strukturen aufzubrechen, die ›Langeweile des Friedens‹ zu verscheuchen. Im Krieg wird Männlichkeit bewiesen, wird die laue Schwülheit eines unvollkommenen Friedens beseitigt. Wertvorstellungen sind dies, die uns heute fremd anmuten und zuwider sind, die jedoch dem frühen 19. Jahrhundert noch höchst vertraut waren: der Krieg als Normalität, als Möglichkeit auch des Mannes, seinen pervertiert-ritterlichen Kampfes- und Todesmut der geliebten Herzensdame zu beweisen.

Ähnlich ist es mit dem Phänomen des Christlichen im alltäglichen Leben der romantischen Gesellschaft und der romantischen Dichtung Eichendorffs bestellt. Prosa und Lyrik spiegeln auch hier die Realität präzise wider: die Geschicke des Menschen werden ausnahmslos in Gottes Hand gelegt – bei Eichendorff nicht anders als vielfach im ›wirklichen Leben‹. Denn die Aufklärung war so gut wie passé in diesen ersten Jahrzehnten des 19. Jahrhunderts – dem Menschen der Romantik war nicht länger daran gelegen, sich aus seiner selbstverschuldeten Unmündigkeit zu befreien, er suchte vielmehr den Weg zurück zu Gott, zurück in den seligen Schoß der heiligen römischen Kirche mit ihren Wundertaten, ihren barock-schwelgerischen Attributen und ihrer schwärmerischen Rückbesinnung auf die glorreich-ritterlichen Zeiten des christlichen Mittelalters.

Nicht viel anders verhält es sich mit der sozialen Einschätzung der Frau und der Beurteilung des deutschen Vaterlandes: Eichendorff sieht, zeit- und klassenkonform, in der Frau das milde, huldreiche Engelswesen, das man in maskuliner Imponiergebärde erobert, um es anschließend seiner tradierten Rolle am heimischen Herd zu überlassen. Das Vaterland ist ihm noch eine unumstößliche Größe, unerhört dünkt es ihn, den patriotischen Lack anzukratzen und die deutschen Lande so kritisch zu hinterfragen, wie die ›vaterlandslosen Gesellen‹, etwa die Jungdeutschen, dies schon zu Eichendorffs Zeit taten.

Eichendorff war ein durchaus typisches Kind seiner Zeit. Hier schreibt der Adel: entrückt allem Hässlichen, Mühseligen und Verschwitzten, vielmehr sorglos, finanziell allzeit gerüstet und in stetiger Reiselaune, um auf der Reise von Schloss zu Burg und von Burg zu Schloss neue pittoreske Abenteuer und Galanterien zu erleben. Der preußische Beamte Eichendorff, eifriger Verfechter einer rigorosen Pressezensur, repräsentiert durchaus das gängige Denken weiter Teile der Oberschicht in der ersten Hälfte des 19. Jahrhunderts. Den sozialen Roman gab es noch nicht, die Solidarität der schreibenden Zunft mit den Entrechteten ließ noch einige Jahre auf sich warten. Und Eichendorff wird seiner gesellschaftlichen Position gerecht: hier schreibt der Adel für den Adel und für die, die von einem solchen Leben träumen – nicht mehr und nicht weniger. Nicht jeder kann ein Heinrich Heine sein: kosmopolitisch, tolerant, sozial und pazifistisch denkend, die Menschheitsprobleme der

Zukunft schon in der Gegenwart beleuchtend und diese Gedanken obendrein noch einkleidend in Witz, Satire und scharfen Hohn. Da ist Eichendorff milder, sanfter, lieblicher, hier wird versöhnt, nicht gespalten: vielleicht auch dies ein Grund für seinen so nachhaltigen Erfolg.

Eben hier liegt das Vergnügen der Lektüre Eichendorffs: das Eintauchen in gute alte Zeiten, die freilich niemals gut waren, die aber jeder von uns als Flüchtling aus der Welt der Hektik, der Arbeit und der finanziellen Bedrängnis, des schlechten Wetters und der hässlichen Mitmenschen gerne erlebt hätte oder einmal nur für einen einzigen Tag erleben möchte. Welch ein Leben als galanter Jüngling im romantischen Zeitalter! Hilfreiche Domestiken sorgen für den reibungslosen Ablauf des Lebensalltags, Waldhörner tönen, auf allen Schlössern warten, wahlweise im Morgen- oder im Abendrot, wahlweise im Morgenrock oder Abendkleid, betörende Jungfrauen; der Wein funkelt in glitzernden Pokalen und in der Ferne schimmert der große Strom … – wer würde sein kümmerliches Leben nicht gerne tauschen gegen eine solche hedonistische Existenz der schieren, ungetrübten Lust am Leben?

Dass die Welt des 19. Jahrhunderts auch ganz andere Seiten hat: wir wissen es; die Sozialgeschichte hat uns gefüttert mit den tatsächlichen Lebenswelten. Eichendorff gibt uns in der Tat nur einen sehr eingeschränkten Blick auf die vergangene Welt; von Missernten, Hunger, Analphabetismus, von der geringen Lebenserwartung, von polizeilichen Nachstellungen und der Willkürherrschaft teilt uns Eichendorff nichts mit. Seine poetischen Bilder erfassen nur ein schmales Segment des Lebens in alter Zeit, diese Bilder aber sind vollendet gezeichnet, virtuos formuliert. Hofmannsthal rühmte bei Eichendorff »das Beglänzte, Traumüberhangene, das Schweifende, mit Lust Unmündige«, Thomas Mann entdeckte bei ihm »eine betörende Essenz der Romantik«, und Bergengruen pries den unverlöschlichen Glanz seiner Naturdichtungen, die suggestive Verzauberung seiner Beschreibungen. Auch uns Heutigen teilen sich der Zauber und die Anmut der Eichendorffschen Landschaften, die Tiefe seines Sehnens und die Stärke seines Glaubens mit; die faszinierende Eindringlichkeit, mit der uns Eichendorff in eine Kunstwelt eintreten lässt, in der noch nichts problematisiert und dialektisch hinterfragt wurde, wirkt noch immer: seit nun schon über 150 Jahren greift der zivilisationsmüde Leser, der immer wieder neu von Technisierung Erschöpfte und der Moderne Überdrüssige zu den Werken Eichendorffs, um sich in eine idealistische Welt versetzen zu lassen, die ja auch durchaus ihre dunklen, unheimlichen Seiten hat.

Das Hineinversenken in den romantischen Kosmos des Freiherrn von Eichendorff macht immer noch Vergnügen: man folgt einer deutschen Tradition der zeitlich begrenzten Weltflucht, man sieht vielleicht seine Großmütter und Urgroßmütter vor sich, das Lyrikbändchen in den Händen haltend und des Abends am Kachelofen sitzend, den Rosenkranz in der anderen Hand, Zuflucht suchend in der zauberhaften Welt des Waldesrauschens und der friedlich äsenden Rehe. Verlaufen kann man sich indes nicht in den lyrischen Wäldern Eichendorffs – so dicht sind sie nicht, als dass uns nicht unser Alltag nur allzu rasch wieder eingeholt hätte. Ein poetischer Ausflug, eine literarische Kurzvisite aber in die Sphären einer besseren, annähernd idealen Welt mag uns neue Energien vermitteln und ein vergnügliches Leseabenteuer bereiten.

I

Autobiographisches Präludium

Erstes Kapitel

Das erste Kapitel will ich lieber ganz übergehen; ich habe zuviel zu tun und den Kopf zu voll von den prächtigen Abenteuern, die ich zur Freude des geneigten Lesers beschreiben will. Und gleich hier kann man wahrlich Gottes Langmut nicht genug bewundern, der recht gut wusste, wie genial wir endlich in gegenwärtiger Zeit werden würden, und doch die ganze Geschichte, die Flegeljahre des Mittelalters über die Allongeperücken und Haarbeutel fort bis zu den preußischen Gardezöpfen durchkomponiert hat! Ich wär's nicht imstande, mir wächst schon diese kleine Geschichte hier mit Gewalt aus den Windeln, ich kann sie nicht halten. Was gehn auch den Leser meine Kinderjahre an! Ja von dem e i n e n – es wundert mich überhaupt nur, dass er mich noch liest – kann ich mir durchaus nicht vorstellen, dass er jemals ein Kind gewesen sein sollte, sondern glaube bestimmt, dass er sogleich in Hosen und Frack zur Welt gekommen ist. Für diesen würdigen Mann aber hege ich eine ganz eigne Ehrerbietung und versinke öfters unwillkürlich in eine weitläufige Betrachtung seiner erstaunlichen Eigenschaften: dieser ernsten Haltung, schmeichelhaften Herablassung, vornehm gebogenen Nase. – Ich empfehle mich ihm ganz gehorsamst und dediziere ihm diese Novelle, er braucht sie darum nicht zu lesen, er weiß ja doch alles besser.

Eigentlich wollte ich in diesem Kapitel, gleichsam spielend, neue Gedanken über die Kindererziehung hinwerfen, einen tiefen Blick in die Schulen tun und so unvermerkt mich zu den Universitäten wenden. Darüber war ich aber unverhofft eingeschlafen. Da träumte mir, ich säße auf der Schwelle von meines Vaters Haus und blätterte in Bertuchs »Bilderbuch«. Der Schnee tröpfelte ständig vom Dach, die Sonne schien warm durch die Fenster über den getäfelten Fußboden der Zimmer hinter mir. Drin hörte ich die Flötenuhr das alte Stückchen spielen. Seitwärts aber sah ich den alten Daniel, den Diener des Hauses, bis an die Brust im Morgennebel stehn und Haselstöcke schneiden. Im mittelsten Gang des Gartens ging mein Vater schweigend auf und nieder; es fiel keinem auf, dass ich wieder vor der Tür saß, als wär ich gar nicht fort gewesen. Nun erblickte ich tiefer im Garten auch unser schönes Nachbarskind mit den langen, langen, blonden Locken; sie saß am Bergeshang im laublosen Wipfel der Linde, von mir abgewendet, und sang und sang; ich kannte das Lied recht gut, und wie sie sang, ging auf einmal ein Frühlingsschauer durch den ganzen Garten und immer weiter durchs Land, die Nebel zerrissen, ich sah den Fluss im

Grund, die ferne Stadt, die blauen Berge dahinter. – »Angela«, rief ich, das Kind wandte schnell das Köpfchen – da wacht ich auf. Als ich noch ganz verwirrt im Zimmer umhersah, war das Licht tief heruntergebrannt, von draußen sah ein fremdes Land mit schneeflimmernden Gebirgszacken durch die Fenster herein, die Heimat war so fern, mein Haar ergraut, Vater und Mutter lange tot. – Das könnte einen toll machen – ich fange daher ohne weiteres mit dem

Zweiten Kapitel

an, denn warum ich beim Aufwachen gerade schneebedeckte Gebirgszacken erblickt, kann der wissbegierige Leser erst im letzten Kapitel erfahren. Eins aber habe ich im vorigen doch verträumt, das ich hier notwendig nachholen muss, weil es von großer Wichtigkeit für mich ist, nämlich meine Geburt. Das trug sich aber folgendermaßen zu:

Es war eine tiefe, stille, klare Winternacht des Jahres 1788, die Konstellation war überaus günstig. Jupiter und Venus blinkten freundlich auf die weißen Dächer, der Mond stand im Zeichen der Jungfrau und musste Schlag Mitternacht kulminieren. Da gewahrte man auf dem einsamen Landschloss zu L. ein wunderbares, geheimnisvolles Treiben und Durcheinanderrennen treppauf, treppab, Lichter irrten und verschwanden an den Fenstern, aber alles still und lautlos, als schweiften Geister durch das alte Haus. Schade, dass ich damals nicht aus dem Fenster sehen konnte, weil ich noch nicht geboren war, denn die Gegend unten hatte feierlich ein schneeweißes Gewand angetan und der Mond flimmernde Juwelen darübergeworfen, die Bäume im Garten standen, festlich gepudert vom Reife, in stiller Erwartung, nur die schlanken Pappeln konnten es nicht erwarten und verneigten sich im Winde immerfort ehrerbietig gegen das Schloss, und die weißen Schornsteine streckten sich verträumt, um zu sehn, was es gebe, denn hoch über sie fort ging ein nächtlicher Wanderzug wilder Gänse, an die Flucht der Stunden mahnend, und manchmal schlug ein Hund an fern im Dorf: Bau, bau nicht auf Sicherheit, bau, schau, wie fliegt die Zeit! – Tiefer im Garten aber sah man lauernd zwischen den Bäumen ein verworrenes Häuflein dunkler Männer im dicken Dampf des eigenen Brodems wie in einem Zauberrauch, in welchem sie ihre erstarrten Arme gleich Windmühlflügeln hin und her bewegten, während andre von Zeit zu Zeit eine Handvoll Schnee nahmen und sich die halberfrornen Nasen rieben.

Jetzt knirschten auf einmal Fußtritte draußen über den verschneiten Hof, eine vermummte Gestalt schlich vorsichtig dicht an den Mauern dem Hinterpförtchen zu. Der alte Daniel war's, den der geneigte

Leser schon aus meinem Traume kennt, er begab sich eilig zu dem dunklen Häuflein im Garten. – Dort hatten sich nämlich Koch, Jäger und der Organist mit Trompeten und Pauken versammelt, um mich, sobald ich das Licht der Welt erblickt, feierlich anzublasen. Daneben standen einige geladene Böller, womit Daniel den Takt dazu schlagen wollte; die Hebamme sollte mit einem weißen Tuch aus einem der Fenster das Signal geben. Aber die hatte jetzt ganz andre Dinge im Kopf, sie war eine resolute Frau und mit den Mägden soeben in großen Zank geraten; in der Wut warf sie eine Windel, die ihr zu schlecht dünkte, ohne weiteres zum Fenster hinaus. Das schimmerte weit durch die Nacht – da löste Daniel unverzüglich den ersten Böller, der Organist mit dem Tusch gleich hinterdrein, darüber aber erschrak meine Mutter dergestalt, dass sie plötzlich in eine Ohnmacht fiel. Nun donnerte draußen unaufhaltsam Böller auf Böller, die Trompeten schmetterten, die Schlossuhr schlug ganz verwirrt Zwölfe dazwischen – alles umsonst: die Riechfläschchen für meine Mutter waren nicht so schnell herbeigeschafft, die Konstellation, trotz den vortrefflichen Aspekten, war verpasst, ich wurde gerade um anderthalb Minuten zu spät geboren.

Eine lumpige Spanne Zeit! Und doch holt sie keiner wieder ein, das Glück ist einmal im Vorsprung, er im Nachtrab, und es ist schlecht traben, wenn man vor lauter Eile mit der einen Hand in den falschen Ärmel gefahren und mit der andern, um keine Zeit zu verlieren, sich die Beinkleider halten muss. Um ein Haar ist er überall der erste, um ein Haar macht er die brillantesten Partien im Lande, um ein Haar bekommt er einen Lorbeerkranz im »Morgenblatt« und Orden mit Eichenlaub, Bändern und Schleifen wie ein Festochs; kurz, er findet überall ein Haar, bis er selber keins mehr auf dem Kopfe hat.

11. Religionsexamen beim H. Prof. Legenbauer. 
14. Physic. Exam. beim H. Jungnitz [Jungwitz]. 
18. In der Commedie (Helene) gewesen.
19. Das letzte Examen, u. zwar beim P. Prof. Rake. 

Tagebucheintrag, 11.–19. März 1804

II

Wandern durch Wiesen und Wälder

Frühling mit Nachtigallen und anderem Zubehör …

An Theodor von Schön, 19. April 1850

Winde sanft die Segel rühren,
Und ich lasse mich entführen,
Ach! wohin? mag ich nicht fragen.

Das Rad an meines Vaters Mühle brauste und rauschte schon wieder recht lustig, der Schnee tröpfelte emsig vom Dache, die Sperlinge zwitscherten und tummelten sich dazwischen; ich saß auf der Türschwelle und wischte mir den Schlaf aus den Augen; mir war so recht wohl in dem warmen Sonnenscheine. Da trat der Vater aus dem Hause; er hatte schon seit Tagesanbruch in der Mühle rumort und die Schlafmütze schief auf dem Kopfe, der sagte zu mir: »Du Taugenichts! da sonnst du dich schon wieder und dehnst und reckst dir die Knochen müde, und lässt mich alle Arbeit allein tun. Ich kann dich hier nicht länger füttern. Der Frühling ist vor der Tür, geh auch einmal hinaus in die Welt und erwirb dir selber dein Brot.« – »Nun«, sagte ich, »wenn ich ein Taugenichts bin, so ist's gut, so will ich in die Welt gehen und mein Glück machen.« Und eigentlich war mir das recht lieb, denn es war mir kurz vorher selber eingefallen, auf Reisen zu gehn, da ich die Goldammer, welche im Herbst und Winter immer betrübt an unserm Fenster sang: »Bauer, miet mich, Bauer miet mich!« nun in der schönen Frühlingszeit wieder ganz stolz und lustig vom Baume rufen hörte: »Bauer, behalt deinen Dienst!« – Ich ging also in das Haus hinein und holte meine Geige, die ich recht artig spielte, von der Wand, mein Vater gab mir noch einige Groschen Geld mit auf den Weg und so schlenderte ich durch das lange Dorf hinaus. Ich hatte recht meine heimliche Freude, als ich da alle meine alten Bekannten und Kameraden rechts und links, wie gestern und vorgestern und immerdar, zur Arbeit hinausziehen, graben und pflügen sah, während ich so in die freie Welt hinausstrich. Ich rief den armen Leuten nach allen Seiten recht stolz und zufrieden Adjes zu, aber es kümmerte sich eben keiner sehr darum. Mir war es wie ein ewiger Sonntag im Gemüte. Und als ich endlich ins freie Feld hinauskam, da nahm ich meine liebe Geige vor, und spielte und sang, auf der Landstraße fortgehend:

Wem Gott will rechte Gunst erweisen,
Den schickt er in die weite Welt,
Dem will er seine Wunder weisen
In Berg und Wald und Strom und Feld.

Die Trägen, die zu Hause liegen,
Erquicket nicht das Morgenrot,
Sie wissen nur vom Kinderwiegen
Von Sorgen, Last und Not um Brot.

Die Bächlein von den Bergen springen,
Die Lerchen schwirren hoch vor Lust,
Was sollt ich nicht mit ihnen singen
Aus voller Kehl und frischer Brust?

Den lieben Gott lass ich nur walten;
Der Bächlein, Lerchen, Wald und Feld
Und Erd und Himmel will erhalten,
Hat auch mein' Sach' aufs best bestellt!

Indem, wie ich mich so umsehe, kömmt ein köstlicher Reisewagen ganz nahe an mich heran, der mochte wohl schon einige Zeit hinter mir dreingefahren sein, ohne dass ich es merkte, weil mein Herz so voller Klang war, denn es ging ganz langsam, und zwei vornehme Damen steckten die Köpfe aus dem Wagen und hörten mir zu. Die eine war besonders schön und jünger als die andere, aber eigentlich gefielen sie mir alle beide. Als ich nun aufhörte zu singen, ließ die ältere stillhalten und redete mich holdselig an: »Ei, lustiger Gesell, Er weiß ja recht hübsche Lieder zu singen.« Ich nicht zu faul dagegen: »Ew. Gnaden aufzuwarten, wüsst ich noch viel schönere.« Darauf fragte sie mich wieder: »Wohin wandert Er denn schon so am frühen Morgen?« Da schämte ich mich, dass ich das selber nicht wusste, und sagte dreist: »Nach Wien«; nun sprachen beide miteinander in einer fremden Sprache, die ich nicht verstand. Die jüngere schüttelte einigemal mit dem Kopfe, die andere lachte aber in einem fort und rief mir endlich zu: »Spring Er nur hinten mit auf, wir fahren auch nach Wien.« Wer war froher als ich! Ich machte eine Reverenz und war mit einem Sprunge hinter dem Wagen, der Kutscher knallte und wir flogen über die glänzende Straße fort, dass mir der Wind am Hute pfiff.

Hinter mir gingen nun Dorf, Gärten und Kirchtürme unter, vor mir neue Dörfer, Schlösser und Berge auf; unter mir Saaten, Büsche und Wiesen bunt vorüberfliegend, über mir unzählige Lerchen in der klaren blauen Luft – ich schämte mich, laut zu schreien, aber innerlichst jauchzte ich und strampelte und tanzte auf dem Wagentritt herum, dass ich bald meine Geige verloren hätte, die ich unterm Arme hielt. Wie aber denn die Sonne immer höher stieg, rings am Horizont schwere weiße Mittagswolken aufstiegen, und alles in der Luft und auf der weiten Fläche so leer und schwül und still wurde über den leise wogenden Kornfeldern, da fiel mir erst wieder mein Dorf ein und mein Vater und unsere Mühle, wie es da so heimlich kühl war an dem schattigen Weiher, und dass nun alles so weit, weit hinter mir lag. Mir war dabei so kurios zumute, als müsst ich wieder umkehren; ich steckte meine Geige zwischen Rock und Weste, setzte mich voller Gedanken auf den Wagentritt hin und schlief ein.

Bist du manchmal auch verstimmt,
Drück dich zärtlich an mein Herze,
Dass mir's fast den Atem nimmt,
Streich und kneif in süßem Scherze,
Wie ein rechter Liebestor
Lehn ich sanft an dich die Wange
Und du singst mir fein ins Ohr.
Wohl im Hofe bei dem Klange
Katze miaut, Hund heult und bellt,
Nachbar schimpft mit wilder Miene –
Doch was kümmert uns die Welt,
Süße, traute Violine!

Heimweh

Wer in die Fremde will wandern,
Der muss mit der Liebsten gehn,
Es jubeln und lassen die andern
Den Fremden alleine stehn.

Was wisset ihr, dunkele Wipfel,
Von der alten, schönen Zeit?
Ach, die Heimat hinter den Gipfeln,
Wie liegt sie von hier so weit!

Am liebsten betracht ich die Sterne,
Die schienen, wie ich ging zu ihr,
Die Nachtigall hör ich so gerne,
Sie sang vor der Liebsten Tür.

Der Morgen, das ist meine Freude!
Da steig ich in stiller Stund
Auf den höchsten Berg in die Weite,
Grüß dich, Deutschland, aus Herzensgrund!

Ich aber bilde mir ein, aus jungen Philistern werden alte Philister, und wer dagegen einmal wahrhaft jung gewesen, der bleibt's zeitlebens.

Zeichnung um 1907
(Initialen: E. L.)

Der wandernde Student

Bei dem angenehmsten Wetter
Singen alle Vögelein,
Klatscht der Regen auf die Blätter,
Sing ich so für mich allein.

Denn mein Aug kann nichts entdecken,
Wenn der Blitz auch grausam glüht,
Was im Wandern könnt erschrecken
Ein zufriedenes Gemüt.

Frei von Mammon will ich schreiten
Auf dem Feld der Wissenschaft,
Sinne ernst und nehm zuzeiten
Einen Mund voll Rebensaft.

Bin ich müde vom Studieren,
Wann der Mond tritt sanft herfür,
Pfleg ich dann zu musizieren
Vor der Allerschönsten Tür.

Ein Reh hebt den Kopf erschrocken
und schlummert gleich wieder ein.

– ja Wald und Rehe, als wenn das alles nur so zum Einheizen und Essen wär!

Rückkehr

Wer steht hier draußen? – Macht auf geschwind!
Schon funkelt das Feld wie geschliffen,
Es ist der lustige Morgenwind,
Der kommt durch den Wald gepfiffen.

Ein Wandervöglein, die Wolken und ich,
Wir reisten um die Wette,
Und jedes dacht: nun spute dich,
Wir treffen sie noch im Bette!

Da sind wir nun, jetzt alle heraus,
Die drin noch Küsse tauschen!
Wir brechen sonst mit der Tür ins Haus:
Klang, Duft und Waldesrauschen.

Ich komme aus Italien fern
Und will euch alles berichten,
Vom Berg Vesuv und Romas Stern
Die alten Wundergeschichten.

Da singt eine Fei auf blauem Meer,
Die Myrten trunken lauschen –
Mir aber gefällt doch nichts so sehr,
Als das deutsche Waldesrauschen!

Köstlich' neue Abenteuer,
Zauberfräulein, tolle Freier –
Seh ich leise sich formieren
Aus den frischen Morgendüften.

Der Jäger Abschied

Wer hat dich, du schöner Wald,
Aufgebaut so hoch da droben?
Wohl den Meister will ich loben,
Solang noch mein' Stimm' erschallt.
Lebe wohl,
Lebe wohl, du schöner Wald!

Tief die Welt verworren schallt,
Oben einsam Rehe grasen,
Und wir ziehen fort und blasen,
Dass es tausendfach verhallt:
Lebe wohl,
Lebe wohl, du schöner Wald!

Banner, der so kühle wallt!
Unter deinen grünen Wogen
Hast du treu uns auferzogen,
Frommer Sagen Aufenthalt!
Lebe wohl,
Lebe wohl, du schöner Wald!

Was wir still gelobt im Wald,
Wollen's draußen ehrlich halten,
Ewig bleiben treu die Alten:
Deutsch Panier, das rauschend wallt,
Lebe wohl!
Schirm dich Gott, du schöner Wald!

Umkehr

Leben kann man nicht von Tönen,
Poesie geht ohne Schuh,
Und so wandt ich denn der Schönen
Endlich auch den Rücken zu.

Lange durch die Welt getrieben
Hat mich nun die irre Hast,
Immer doch bin ich geblieben
Nur ein ungeschickter Gast.

Überall zu spät zum Schmause
Kam ich, wenn die andern voll,
Trank die Neigen vor dem Hause,
Wusst nicht, wem ich's trinken soll.

Musst mich vor Fortuna bücken
Ehrfurchtsvoll bis auf die Zeh'n,
Vornehm wandt sie mir den Rücken,
Ließ mich so gebogen stehn.

Und als ich mich aufgerichtet
Wieder frisch und frei und stolz,
Sah ich Berg' und Tal gelichtet,
Blühen jedes dürre Holz.

Welt hat eine plumpe Pfote,
Wandern kann man ohne Schuh –
Deck mit deinem Morgenrote
Wieder nur den Wandrer zu!

Frische Fahrt

Laue Luft kommt blau geflossen,
Frühling, Frühling soll es sein!
Waldwärts Hörnerklang geschossen,
Mut'ger Augen lichter Schein;
Und das Wirren bunt und bunter
Wird ein magisch wilder Fluss,
In die schöne Welt hinunter
Lockt dich dieses Stromes Gruß.

Und ich mag mich nicht bewahren!
Weit von euch treibt mich der Wind,
Auf dem Strome will ich fahren,
Von dem Glanze selig blind!
Tausend Stimmen lockend schlagen,
Hoch Aurora flammend weht,
Fahre zu! ich mag nicht fragen,
Wo die Fahrt zu Ende geht!

Ich hab es satt, mich an der Natur zu ergötzen.
Die Vögel sich paaren in allen Hecken,
Das kann eine Jungfrau vom Spazieren
abschrecken;
Und Blumen, Waldsrauschen so monoton,
Das hatten wir alles hundertmal schon.
Könnt ihr denn gar nichts Neues bringen
Auf das langweil'ge alte Tapet?
Ja, wenn einmal die Berge vom Himmel hingen,
Mit Wäldern und allem was darauf steht,
Und wir auf den Köpfen hier unten gingen,
In blauem Grund mit Sternen besät!

III
Von Sehnsucht und Verlorenheit

… Fern die Nachtigall aus Träumen schallt,
Im Mondlicht rauscht der alte Zauberwald!

Der Abend

Schweigt der Menschen laute Lust:
Rauscht die Erde wie in Träumen
Wunderbar mit allen Bäumen,
Was dem Herzen kaum bewusst,
Alte Zeiten, linde Trauer,
Und es schweifen leise Schauer
Wetterleuchtend durch die Brust.

Abendlandschaft

Der Hirt bläst seine Weise,
Von fern ein Schuss noch fällt,
Die Wälder rauschen leise
Und Ströme tief im Feld.

Josua Leander Gampp, Zeichnung von 1922
zu dem Gedicht *Treue*

Nur hinter jenem Hügel
Noch spielt der Abendschein –
O hätt ich, hätt ich Flügel,
Zu fliegen da hinein!

Treue

Wie dem Wanderer in Träumen,
Dass er still im Schlafe weint,
Zwischen goldnen Wolkensäumen
Seine Heimat wohl erscheint:

So durch dieses Frühlings Blühen
Über Berg' und Täler tief,
Sah ich oft dein Bild noch ziehen,
Als ob's mich von hinnen rief;

Und mit wunderbaren Wellen
Wie im Traume, halbbewusst,
Gehen ew'ge Liederquellen
Mir verwirrend durch die Brust.

Lockung

Hörst du nicht die Bäume rauschen
Draußen durch die stille Rund?
Lockt's dich nicht, hinabzulauschen
Von dem Söller in den Grund,
Wo die vielen Bäche gehen
Wunderbar im Mondenschein
Und die stillen Schlösser sehen
In den Fluss vom hohen Stein?

Kennst du noch die irren Lieder
Aus der alten, schönen Zeit?
Sie erwachen alle wieder
Nachts in Waldeseinsamkeit,
Wenn die Bäume träumend lauschen
Und der Flieder duftet schwül
Und im Fluss die Nixen rauschen –
Komm herab, hier ist's so kühl.

Mondnacht

Es war, als hätt der Himmel
Die Erde still geküsst,
Dass sie im Blütenschimmer
Von ihm nun träumen müsst.

Die Luft ging durch die Felder,
Die Ähren wogten sacht,
Es rauschten leis die Wälder,
So sternklar war die Nacht.

Und meine Seele spannte
Weit ihre Flügel aus,
Flog durch die stillen Lande,
Als flöge sie nach Haus.

Sehnsucht

Es schienen so golden die Sterne,
Am Fenster ich einsam stand
Und hörte aus weiter Ferne
Ein Posthorn im stillen Land.
Das Herz mir im Leib entbrennte,
Da hab ich mir heimlich gedacht:
Ach, wer da mitreisen könnte
In der prächtigen Sommernacht!

Zwei junge Gesellen gingen
Vorüber am Bergeshang,
Ich hörte im Wandern sie singen
Die stille Gegend entlang:
Von schwindelnden Felsenschlüften,
Wo die Wälder rauschen so sacht,
Von Quellen, die von den Klüften
Sich stürzen in die Waldesnacht.

Sie sangen von Marmorbildern,
Von Gärten, die überm Gestein
In dämmernden Lauben verwildern,
Palästen im Mondenschein,
Wo die Mädchen am Fenster lauschen,
Wann der Lauten Klang erwacht
Und die Brunnen verschlafen rauschen
In der prächtigen Sommernacht. –

Die zwei Gesellen

Es zogen zwei rüst'ge Gesellen
Zum erstenmal von Haus,
So jubelnd recht in die hellen,
Klingenden, singenden Wellen
Des vollen Frühlings hinaus.

Die strebten nach hohen Dingen,
Die wollten, trotz Lust und Schmerz,
Was Rechts in der Welt vollbringen,
Und wem sie vorübergingen,
Dem lachten Sinnen und Herz. –

Der erste, der fand ein Liebchen,
Die Schwieger kauft' Hof und Haus;
Der wiegte gar bald ein Bübchen,
Und sah aus heimlichem Stübchen
Behaglich ins Feld hinaus.

Dem zweiten sangen und logen
Die tausend Stimmen im Grund,
Verlockend' Sirenen, und zogen
Ihn in der buhlenden Wogen
Farbig klingenden Schlund.

Und wie er auftaucht' vom Schlunde,
Da war er müde und alt,

Sein Schifflein das lag im Grunde,
So still war's rings in die Runde,
Und über die Wasser weht's kalt.

Es singen und klingen die Wellen
Des Frühlings wohl über mir;
Und seh ich so kecke Gesellen,
Die Tränen im Auge mir schwellen –
Ach Gott, führ uns liebreich zu dir!

Kurze Fahrt

Posthorn, wie so keck und fröhlich
Brachst du einst den Morgen an,
Vor mir lag's so frühlingsselig,
Dass ich still auf Lieder sann.

Dunkel rauscht es schon im Walde,
Wie so abendkühl wird's hier,
Schwager, stoß ins Horn – wie balde
Sind auch wir im Nachtquartier!

Abschied

Abendlich schon rauscht der Wald
Aus den tiefen Gründen,
Droben wird der Herr nun bald
An die Sterne zünden,
Wie so stille in den Schlünden,
Abendlich nur rauscht der Wald.

Alles geht zu seiner Ruh,
Wald und Welt versausen,
Schauernd hört der Wandrer zu,
Sehnt sich recht nach Hause,
Hier in Waldes grüner Klause
Herz, geh endlich auch zur Ruh!

Abschied

O Täler weit, o Höhen,
O schöner, grüner Wald,
Du meiner Lust und Wehen
Andächt'ger Aufenthalt!
Da draußen, stets betrogen,
Saust die geschäft'ge Welt,
Schlag noch einmal die Bogen
Um mich, du grünes Zelt!

Der Einsiedler

Komm, Trost der Welt, du stille Nacht!
Wie steigst du von den Bergen sacht,
Die Lüfte alle schlafen,
Ein Schiffer nur noch, wandermüd,
Singt übers Meer sein Abendlied
Zu Gottes Lob im Hafen.

Die Jahre wie die Wolken gehn
Und lassen mich hier einsam stehn,
Die Welt hat mich vergessen,
Da tratst du wunderbar zu mir,
Wenn ich beim Waldesrauschen hier
Gedankenvoll gesessen.

O Trost der Welt, du stille Nacht!
Der Tag hat mich so müd gemacht,
Das weite Meer schon dunkelt,
Lass ausruhn mich von Lust und Not,
Bis dass das ew'ge Morgenrot
Den stillen Wald durchfunkelt.

Zeichnung von 1899

Bei Halle

Da steht eine Burg überm Tale
Und schaut in den Strom hinein,
Das ist die fröhliche Saale,
Das ist der Giebichenstein.

Da hab ich so oft gestanden,
Es blühten Täler und Höhn,
Und seitdem in allen Landen
Sah ich nimmer die Welt so schön!

Durchs Grün da Gesänge schallten,
Von Rossen, zu Lust und Streit,
Schauten viel schlanke Gestalten,
Gleich wie in der Ritterzeit.

Wir waren die fahrenden Ritter,
Eine Burg war noch jedes Haus,
Es schaute durchs Blumengitter
Manch schönes Fräulein heraus.

Das Fräulein ist alt geworden,
Und unter Philistern umher
Zerstreut ist der Ritterorden,
Kennt keiner den andern mehr.

Auf dem verfallenen Schlosse,
Wie der Burggeist, halb im Traum,
Steh ich jetzt ohne Genossen
Und kenne die Gegend kaum.

Und Lieder und Lust und Schmerzen,
Wie liegen sie nun so weit –
O Jugend, wie tut im Herzen
Mir deine Schönheit so leid.

Herbst

Es ist nun der Herbst gekommen,
Hat das schöne Sommerkleid
Von den Feldern weggenommen
Und die Blätter ausgestreut,
Vor dem bösen Winterwinde
Deckt er warm und sachte zu
Mit dem bunten Laub die Gründe,
Die schon müde gehn zur Ruh.

Durch die Felder sieht man fahren
Eine wunderschöne Frau,
Und von ihren langen Haaren
Goldne Fäden auf der Au
Spinnet sie und singt im Gehen:
Eia, meine Blümelein,
Nicht nach andern immer sehen,
Eia, schlafet, schlafet ein.

Und die Vöglein hoch in Lüften
Über blaue Berg und Seen
Ziehn zur Ferne nach den Klüften,
Wo die hohen Zedern stehn,

Wo mit ihren goldnen Schwingen
Auf des Benedeiten Gruft
Engel Hosianna singen
Nächtens durch die stille Luft.

Nachruf

Du liebe, treue Laute,
Wie manche Sommernacht,
Bis dass der Morgen graute,
Hab ich mit dir durchwacht!

Die Täler wieder nachten,
Kaum spielt noch Abendrot,
Doch die sonst mit uns wachten,
Die liegen lange tot.

Was wollen wir nun singen
Hier in der Einsamkeit,
Wenn alle von uns gingen,
Die unser Lied erfreut?

Wir wollen dennoch singen!
So still ist's auf der Welt;
Wer weiß, die Lieder dringen
Vielleicht zum Sternenzelt.

Wer weiß, die da gestorben,
Sie hören droben mich,

Und öffnen leis die Pforten
Und nehmen uns zu sich.

In der Fremde

Aus der Heimat hinter den Blitzen rot
Da kommen die Wolken her,
Aber Vater und Mutter sind lange tot,
Es kennt mich dort keiner mehr.
Wie bald, wie bald kommt die stille Zeit,
Da ruhe ich auch, und über mir
Rauschet die schöne Waldeinsamkeit
Und keiner mehr kennt mich auch hier.

An meinen Bruder

Gedenkst du noch des Gartens
Und Schlosses überm Wald,
Des träumenden Erwartens:
Ob's denn nicht Frühling bald?

Der Spielmann war gekommen,
Der jeden Lenz singt aus,
Er hat uns mitgenommen
Ins blühnde Land hinaus.

Wie sind wir doch im Wandern
Seitdem so weit zerstreut!
Frägt einer nach dem andern,
Doch niemand gibt Bescheid.

Nun steht das Schloss versunken
Im Abendrote tief,
Als ob dort traumestrunken
Der alte Spielmann schlief'.

Gestorben sind die Lieben,
Das ist schon lange her,
Die wen'gen, die geblieben,
Sie kennen uns nicht mehr.

Und fremde Leute gehen
Im Garten vor dem Haus –
Doch übern Garten sehen
Nach uns die Wipfel aus.

Doch rauscht der Wald im Grunde
Fort durch die Einsamkeit
Und gibt noch immer Kunde
Von unsrer Jugendzeit.

Bald mächt'ger und bald leise
In jeder guten Stund
Geht diese Waldesweise
Mir durch der Seele Grund.

Und stamml ich auch nur bange,
Ich sing es, weil ich muss,
Du hörst doch in dem Klange
Den alten Heimatsgruß.

Verloren

Still bei Nacht fährt manches Schiff,
Meerfei kämmt ihr Haar am Riff,
Hebt von Inseln an zu singen,
Die im Meer dort untergingen.

Wann die Morgenwinde wehn,
Ist nicht Riff noch Fei zu sehn,
Und das Schifflein ist versunken,
Und der Schiffer ist ertrunken.

Der alte Garten

Kaiserkron und Päonien rot,
Die müssen verzaubert sein,
Denn Vater und Mutter sind lange tot,
Was blühn sie hier so allein?

Der Springbrunnen plaudert noch immerfort
Von der alten schönen Zeit,
Eine Frau sitzt eingeschlafen dort,
Ihre Locken bedecken ihr Kleid.

Sie hat eine Laute in der Hand,
Als ob sie im Schlafe spricht,
Mir ist, als hätt ich sie sonst gekannt –
Still, geh vorbei und weck sie nicht!

Und wenn es dunkelt das Tal entlang,
Streift sie die Saiten sacht,
Da gibt's einen wunderbaren Klang
Durch den Garten die ganze Nacht.

Im Mai zu Wien im Prater, zu London im Vauxhall,
Dann im Palais Royal – ich sah der Schönen viele –
Doch blieb ich ungerührt beim eitlen Sinnenspiele,
Ich sucht ein fühlend Herz, dem Tugend kein leerer Schall. –

Für sich: Ich muss dazu ein Gesicht machen, wie die Katze, wenn sie in die Sonne sieht.

IV

Märchenhaft und humoristisch

Der Bürgermeister

Hochweiser Rat, geehrte Kollegen!
Bevor wir uns heut aufs Raten legen,
Bitt ich, erst reiflich zu erwägen:
Ob wir vielleicht, um Zeit zu gewinnen,
Heut sogleich mit dem Raten beginnen,
Oder ob wir erst proponieren müssen,
Was uns versammelt und was wir alle wissen? –
Ich muss pflichtmäßig voranschicken hierbei,
Dass die Art der Geschäfte zweierlei sei:
Die einen sind die eiligen,
Die andern die langweiligen.
Auf jene pfleg ich cito zu schreiben,
Die andern können liegenbleiben.
Die liegenden aber, geehrte Brüder,
Zerfallen in wicht'ge und höchstwicht'ge wieder.
Bei jenen – nun – man wird verwegen,
Man schreibt nach amtlichem Überlegen
More solito hier, und dort ad acta,
Die Diener rennen, man flucht, verpackt da,
Der Staat floriert und bleibt im Takt da,

Doch werden die Zeiten so ungeschliffen,
Wild umzuspringen mit den Begriffen,
Kommt gar, wie heute, ein Fall, der eilig
Und doch höchstwichtig zugleich – dann freilich
Muss man von neuem unterscheiden:
Ob er mehr eilig oder mehr wichtig. –
Ich bitte, meine Herrn, verstehn Sie mich richtig!
Der Punkt ist von Einfluss. Denn wir vermeiden
Die species facti, wie billig, sofort,
Findt sich der Fall mehr eilig als liegend.
Ist aber das Wichtige überwiegend,
Wäre die Eile am unrechten Ort.
Meine Herren, Sie haben nun die Prämissen,
Sie werden den Beschluss zu finden wissen.

Ein römischer Kaiser heiratete einstmals ein sehr schönes, aber ganz armes Fräulein. Darüber wurde seine Mutter, die alte Kaiserin, sehr ergrimmt und suchte daher die junge Frau auf alle Weise anzuschwärzen. Während der Kaiser eben Krieg führte, gebar ihm seine junge Gemahlin zwei Prinzen auf einmal. Die Alte schrieb hierauf ihrem Sohne, dass keine junge Frau, wenn sie züchtig und ehrbar gelebt habe, zum erstenmale Zwillinge gebären könne, er solle sich daher eiligst aufmachen, um die ihm angetane Schande an seiner Frau zu rächen. Der Kaiser kehrte auf diese Nachricht hin schleunigst in seine

Residenz zurück, ging sogleich in die Kirche, kniete vor dem Hochaltar nieder und bat Gott für seine Frau. Das ärgerte die alte Kaiserin entsetzlich, sie beredete daher ihren Kammerdiener, sich bis aufs Hemd auszuziehen und so zu der jungen Kaiserin, die eben schlief, ins Bett zu legen. Dann ging sie zu ihrem Sohne in die Kirche und erzählte ihm, wie schändlich sich seine Frau aufführe und zerrte ihn so lange, bis er ihr endlich in das Schlafgemach der jungen Kaiserin folgte, wo er neben seiner schlafenden Frau den Kammerdiener liegen sah. Da zog der Kaiser sein Schwert und durchbohrte den Diener, dass sein Blut der erschrockenen Kaiserin ins Gesicht spritzte. Sie sollte sogleich mit ihren Kindern lebendig verbrannt werden. Auf dem Richtplatze verhielt sich das dort zusammengelaufene Volk still und traurig, weil alle die junge Kaiserin sehr liebten und keiner von den Richtern wollte das Todesurteil verlesen. Die Verurteilte wandte sich hierauf an ihren Gemahl und sprach: »Weil du mich nicht mehr liebst, lege ich keinen Wert darauf, weiter zu leben, aber die beiden armen Kinder erbarmen mich sehr. Schenke mir ihretwegen das Leben und ich will mit ihnen fortziehen, so weit mich meine Füße tragen.«

Wie sollt ich nicht!« erwiderte die Riesin, »ach wir armen Waldleute müssen uns gar kümmerlich durchhelfen mit der großen Familie. Sehen Sie, lieber Herr, ich und mein Mann arbeiten hier für die vornehmen Tiere: Hirsche, Rehe und anderes Hochwild um Tagelohn, den wir von ihnen in Naturalien beziehen. Des Abends spricht mancher Edelhirsch bei uns ein, wenn er nachts auf die Freite gehen will, da muss ihm mein Mann die Pelzstiefelchen putzen, dafür erhalten wir denn die Felle der verunglückten Kameraden und die abgeworfenen Geweihe in die Wirtschaft. Alle Morgen aber kommen die Bären und lassen sich ihre Pelze ausklopfen und bringen uns große Honigfladen, oder ein paar wilde Schweine lassen sich ihre Hauer schleifen und werfen uns zum Dank einen fetten Frischling auf die Schwelle, denn die Zeiten sind schlecht, da kommt es ihnen auf ein Kind mehr oder weniger nicht an. Ich aber flechte Nester für die Adler, Habichte und Auerhühner und die lassen uns dann im Vorüberfliegen einen Hasen oder ein Zicklein herunterfallen, oder legen uns nachts einige Schock Eier vor die Tür, wenn sie eben nicht Lust haben, alle auszubrüten ...«

Hier hielt der Wagen plötzlich vor einem Hause mitten im Felde, ein Mann in Nachtmütze und Pelz trat verschlafen mit einer Laterne heraus, um einige

Pakete zu übergeben und andere in Empfang zu nehmen. Währenddes öffnete sich hinter ihm leise der Schieber des kleinen Fensters, der Widerschein der Laterne beleuchtete flüchtig ein wunderschönes Mädchengesicht, das schnell wieder zurückfuhr. Otto erschrak, die Züge waren ihm bekannt, er konnte sich aber durchaus nicht besinnen. Da gähnte der Mann im Pelz. »Friss mich nicht, Mauschel!« rief ihm der lustige Kondukteur vom Kutschbocke zu. – »Ich esse kein Schweinefleisch«, entgegnete der Jude trocken. Die Passagiere lachten, der Postillion knallte, und rasselnd flog der Wagen wieder in die stille Nacht hinaus.

Ein König war so krank, dass ihm kein Arzt im ganzen Königreiche mehr zu helfen wusste. Da träumte ihm einmal, dass er nicht eher gesund werden würde, bis er den Vogel Venus singen höre. Als er aufwachte, erzählte er allen seinen Traum. Aber da war keiner, der den Vogel Venus kannte, oder wusste, wo er zu finden sei. Der König hatte aber drei Söhne. Der älteste von ihnen sagte: »Ich will in die Welt hinaus und den Venusvogel überall suchen« und trat, nachdem er vom König viel Gold und Silber erhalten hatte, die Reise an. In der nächsten großen Stadt erkundigte er sich nach dem besten Wirtshause und kehrte dort ein. In dem Gasthofe war ein großes Jubeln und

Tosen von Spielleuten und schöngeputzten Mädchen, Saufen und Spielen, und da man beim Prinzen viel Geld merkte, hielt man ihn so lange auf, bis er seinen letzten Groschen verspielt hatte. Dann ließ ihn der Wirt, weil er nichts mehr besaß, die Zeche zu bezahlen, in einen tiefen Turm werfen. Da nun der König lange vergebens auf seinen Sohn gewartet hatte und immer kränker wurde, erklärte der zweite Prinz, nun auch auf die Wanderschaft zu gehen und den Vogel Venus aufzusuchen. Auch er erhielt vom Könige Gold in Menge. Er nahm denselben Weg, wie der erste, kehrte ebenfalls in dem Wirtshause ein, verspielte sein ganzes Geld und wurde gleichfalls in einen Turm geworfen. Als auch der zweite nicht wiederkam, machte sich endlich der dritte Prinz auf den Weg. Er kam auch an das Wirtshaus, aber er trank und spielte nicht, achtete auch nicht auf die hübschen Mädchen, sondern sann nur immerfort nach, wohin er sich wenden sollte, um den Vogel zu finden. Vor der Weiterreise sagte ihm der Wirt: »Ihr seid ein recht feiner und kluger junger Herr, dass Ihr Euer Geld so wohl zusammenhaltet, erst unlängst waren zwei eben so junge und reiche Menschen hier, die ich in den Turm geworfen habe, weil sie alles verspielt hatten.« Da verlangte der Prinz die beiden Gefangenen zu sehen und erkannte seine Brüder. Dem Wirt bezahlte er, was sie schuldig waren, machte ihnen Vorwürfe dass sie so unbedachtsam gelebt und wies

Eichendorff-Denkmal
von Johannes Boese (1856–1917) in Ratibor

den Wirt an, ihnen gutes Quartier, aber täglich nur so viel zu verzehren zu geben, als sie notwendig brauchten und sie so lange zurückzuhalten, bis er selbst sie abhole. Darauf ritt er in Gottes Namen weiter. In der Vorstadt sah er auf offener Straße eine Leiche auf der Bahre stehen. Er erkundigte sich, was dies zu bedeuten habe und als man ihm mitteilte, dass es hier Gebrauch sei, einen Menschen, der Geld schuldig geblieben, unbegraben zu lassen, bezahlte er sogleich die 200 Rthr., die der Verstorbene schuldig war und ließ ihn auf seine Kosten beerdigen. Darauf kam er in einen großen Wald, wo ein Fuchs am Wege saß. »Wo reitest du denn so voller Gedanken hin«, fragte derselbe den Prinzen. »Ach, mein liebes Füchslein«, erwiderte der Prinz, »was hülfe es mir, wenn ich's dir auch sagte, du könntest mir doch nicht raten.« »Wer weiß«, sagte der Fuchs, »wenn du erlaubst, will ich dich begleiten.« Nachdem sie lange so gereist waren, rief der Fuchs: »Hier in der Nähe wohnt ein König, der besitzt den Vogel Venus. Gehe um Mitternacht ganz allein ins Schloss, die Wachen werden alle schlafen. Im innersten Gemache wirst du ringsherum an der Wand eine Menge Vögel in schönen Gebauern finden, in der Mitte aber steht der Vogel Venus, der einen so prächtigen Käfig hat, dass die Stäbe desselben einen glänzenden Schein von sich geben. Begeize dich aber ja nicht auf den Käfig, sondern lasse ihn stehen und begnüge dich damit, den Vogel sachte herauszunehmen, sonst wirst du unglücklich.« Um Mitternacht ging der Prinz aufs Schloss, während der Fuchs die Pferde bewachte. Als er in das erwähnte Gemach trat, war er von der Schönheit des Käfigs ganz geblendet und dachte bei sich: »die Wachen schlafen alle, ich werde den Käfig schnell forttragen, so hab ich beides.« Kaum aber hatte er den Käfig in die Hand genommen, so fing der Vogel an, dermaßen zu kreischen und mit den Flügeln zu schlagen, dass die Wächter erwachten, den Prinzen ergriffen und ins Gefängnis warfen. Am zweiten Tage erschien der Fuchs im Turme und sagte: »Sieh'st du, hab ich nit gesagt, dass es dir schlimm gehen würde, wenn du nicht folgtest. Morgen sollst du gehängt werden, wenn du auf den Richtplatz hinausgeführt wirst, so bitte den Henker, dich noch einmal zum Könige zu führen, da du ihm etwas sehr Wichtiges anzuvertrauen hättest. Nur so kannst du dich noch retten.« Das tat denn auch der Prinz am anderen Tage. Auf vieles Bitten führte ihn der Henker noch einmal vor den König, dem er, wie ihn der Fuchs gelehrt, versprach, ihm das Pferd Pontifar zu bringen, wenn er ihm das Leben schenke. Der König war ganz außer sich vor Freude, begnadigte den Prinzen und versprach ihm den Vogel Venus samt dem Käfig zum Geschenk zu machen, wenn er ihm das Pferd Pontifar bringe. Als nun der Prinz wieder zum Fuchse in dem Walde kam, fragte er ihn, wo nun aber das Pferd zu finden sei.

»Das Pferd Pontifar«, erwiderte dieser, »befindet sich wieder bei einem anderen Könige in einem prächtigen Stalle. In einem Kreise um das Pferd herum sitzen die Wächter, von denen jeder einen goldenen Zügel in der Hand hält. Du wirst nun wieder um Mitternacht, während die Wächter schlafen, allein hingehen. Hüte dich aber, von dem köstlichen Geschirr des Pferdes etwas mitzunehmen, schirr es vielmehr langsam ab und reite auf dem ledigen Pferde davon, sonst wirst du unglücklich.« Wie erstaunte aber der Prinz, als er in der Nacht in den Stall kam. Denn war das Pferd schön, so war doch Sattel und Geschirr, aus Gold und Edelsteinen bestehend, noch weit schöner. Er konnte nicht widerstehen, zog die goldenen Zügel langsam aus den Händen der schlafenden Wächter und schwang sich auf das aufgeputzte Pferd. Kaum aber saß er droben, so wieherte und polterte das Ross derart, dass die Wächter erschreckt auffuhren, den Prinzen herabrissen und ins Gefängnis warfen. Am zweiten Tage erschien der Fuchs wieder im Gefängnisse, schalt ihn aus und gab ihm wieder Ratschläge wie das erstemal. Auf inständiges Bitten wurde der Prinz vom Richtplatze noch einmal vor den König geführt, dem er die Prinzessin Amalia aus dem schwarzen Walde zu verschaffen versprach, wenn er ihm das Leben schenke. Da freute sich der König über alle Maßen, er schenkte ihm nicht nur das Leben, sondern stellte ihm auch noch das Pferd

Pontifar nebst Sattel und Zeug in Aussicht, wenn er ihm die Prinzessin bringe. »Mein liebes Füchslein«, sagte der Prinz, als er zurückkam, »wo werden wir nun aber die Prinzessin finden?« »Die Prinzessin Amalia«, erwiderte der Fuchs, »wohnt im schwarzen Walde in einem schwarzen Schlosse, bewacht von zwei Wölfen, zwei Bären und zwei Löwen. Du musst wieder um Mitternacht bis ins innerste Gemach vordringen. Dort wirst du auf einem Tische eine Menge herrlicher brennender Lampen finden. Hüte dich aber, eine der schönen Lampen anzurühren, nimm vielmehr die schlechteste, die in der Mitte steht, und gehe damit hinaus. Du bist verloren, wenn du mir nicht folgst, denn diesmal kann ich dir nicht mehr helfen.« – Beim Schlosse angekommen, ging der Prinz allein hinein. Wölfe, Bären und Löwen schliefen alle. Im innersten Gemache brannten die Lampen in verschiedenen bunten Farben und Scheinen, so dass der ganze Raum mit Glanz erfüllt war. Keine von ihnen rührte er an, sondern nahm aus der Mitte die schlechte und ging mit ihr hinaus. Am Tore wartete seiner schon die Prinzessin Amalia aus dem schwarzen Walde, die ganz in schwarzem Flor gekleidet war. Ohne ein Wort zu sprechen, führte sie der Prinz, wie ihn der Fuchs befohlen, zu den Pferden und ritt mit ihr zum Schlosse des zweiten Königs zurück. Aus dem Schlossfenster sah ihnen der König schon entgegen und das Pferd Pontifar stand bei ihrer Ankunft bereits aufgeputzt am Tore. Der König war voller Freude, als er die Prinzessin Amalia erblickte und dankte dem Prinzen außerordentlich. Dieser bestieg sein Ross, schwang die Prinzessin, die von ihm nicht lassen wollte, vor sich auf den Sattel und ritt so mit ihr über alle Berge. Als er zum Schlosse des ersten Königs kam, stand der Käfig mit dem Vogel Venus bereits auf dem Hofe. Mit tausend Freuden bestieg der König das Pferd Pontifar. Es wollte ihn aber nicht dulden und er vermochte es nicht zu bändigen. Der Prinz erklärte, es im Hofe etwas zureiten zu wollen, bestieg es, die Prinzessin Amalia, die ihn außerordentlich liebte, gleich auch mit ihm, tummelte das Ross nach allen Richtungen, ergriff unversehens den Käfig mit dem Vogel Venus und jagte so mit allem davon. Seine im Wirtshaus zurückgebliebenen Brüder wunderten sich, als er dorthin zurückkam, sehr über die mitgebrachten herrlichen Sachen, verabredeten aus Neid, den Bruder zu erschlagen, versenkten ihn in einen Graben, ritten mit den Sachen nach Hause und rühmten sich ihrer Erfolge. Aber die schöne Prinzessin wollte nicht sprechen, das Pferd nicht fressen, der Vogel Venus nicht singen und der alte König blieb daher so krank, wie er gewesen. Unterdessen lief der Fuchs zu dem Graben, wo der Prinz lag, zog ihn heraus, wusch ihn mit seinen Pfoten, erweckte ihn zum Leben und sagte zu ihm: »Ich bin die Seele des Verstorbenen, für den du die Schulden bezahlt hast, meine Schuld habe ich dir nunmehr abgezahlt und bin erlöst. Gehe du nun zu einem Schäfer, ziehe dessen Kleider an, eile so ins Schloss und gib dich für einen Tierarzt aus.« Bei diesen Worten verschwand der Fuchs, der Prinz aber suchte einen Schäfer auf dem Felde auf, wechselte mit ihm die Kleider und ging alsdann zu seinem Vater. Dort wollte man ihn, weil er so verlumpt aussah, nicht aufnehmen, wurde aber, da er angab, alle Pferde kurieren zu können, in den Stall geführt. Bei seinem Eintritt sah sich das Pferd Pontifar sogleich nach ihm um, wieherte, fraß Hafer aus seinen Händen und wurde ganz munter. Alles war hierüber höchst erstaunt und wollte den Wunderarzt sehen. Als er in die königlichen Gemächer geführt wurde, fiel die stumme Prinzessin Amalia ihm um den Hals, der Vogel Venus begann wunderschön zu singen und der König sprang gesund aus dem Bette. Hierauf zog der Prinz seine schönen Kleider an und erzählte alles. Der alte König war voller Freude und gab eine prächtige Gasterei. Die beiden Brüder, die zur Jagd ausgezogen waren, erstaunten über die Vorkommnisse aufs höchste. Über Tafel fragte sie der König, was wohl jemand verdiene, der seinen Vater belogen und einen Menschen erschlagen habe. Sie antworteten: »den lichten Galgen«. Der König wollte sie hierauf aufhängen lassen, da der Bruder aber sehr für sie bat, wurden sie in ein Gewölbe gebracht, wo sie zeitlebens in der dicksten Finsternis sitzen mussten. Der jüngste Prinz aber hielt mit der schönen Prinzessin Amalia aus dem schwarzen Walde eine glänzende Hochzeit.

Aktenstöße nachts verschlingen,
Schwatzen nach der Welt Gebrauch,
Und das große Tretrad schwingen
Wie ein Ochs, das kann ich auch.

Aber glauben, dass der Plunder
Eben nicht der Plunder wär,
Sondern ein hochwichtig Wunder,
Das gelang mir nimmermehr.

V

Vaterland und Europa

Welcher Abstand zwischen jener Zeit, wo man klar wusste was man wollte, und der heutigen, wo das keiner recht zu wissen scheint, und wo man die deutsche Einheit frischweg mit der deutschen Entzweiheit anfängt!

An Theodor von Schön, 19. April 1850

Das ist die Brut der Natter,
Die immer neu entstand:
Philister und ihre Gevatter,
Die machen groß Geschnatter
Im deutschen Vaterland.

Gott hat uns ein Vaterland wiedergeschenkt, es ist nun an uns, dasselbe treu und rüstig zu behüten und endlich eine Nation zu werden, die unter Wunden erwachsen und von großen Erinnerungen lebend, solcher großen Gnade des Herren und der eignen kräftigen Tiefe sich würdig beweise. Und dazu braucht es nun auch andere Kämpfer noch, als bloße Soldaten.

An Friedrich de la Motte Fouqué, 1. Oktober 1814

Das Pöbelregiment ist dumm, das Säbelregiment noch dümmer, u. so ärgere ich mich, ich mag mich stellen wie ich will, täglich tausendmal; u. der Ärger ist eine schlechte Muse.

An Theodor von Schön, 25. Januar 1849

... Ironisch –
Dieses Wort ist nicht teutonisch.

Es ist überhaupt auffallend, wie in jetziger Zeit alle Individuen verschwinden, alles ist allein auf die Massen gestellt. Und doch ist die Masse nur eine Idee, die, wie das Königtum, die Freiheit u. s. w., wenn sie wirklich in's Leben treten soll, individuell, persönlich werden muss. Wird eine solche welthistorische Persönlichkeit endlich in Deutschland erscheinen?

An Theodor von Schön, 25. Januar 1849

Überhaupt kann, meiner Überzeugung nach, ein Kunstwerk nur als national bestehen. Denn eine allgemeine Poesie gibt es wohl, die, als die göttliche Idee, durch alle Kunstwerke aller Jahrhunderte geht; aber eine allgemeine Normal-Universal-Kunst, es sei in Marmor, Farben oder Worten, kann ich nicht anerkennen, so wenig als eine allgemeine Religion oder Liebe. Jene göttliche Idee, die allen Künsten gemein, jenes Stück Himmel in der Menschenbrust wird vielmehr nur durch die Eigentümlichkeit der Nation, zu welcher der Künstler gehört, ein Besonderes, ein wahrhaftes Kunstwerk, und ist sodann Eins mit dem Vaterlande, ein Gegenstand der Vaterlandsliebe. Und welches Volk alter und neuer Zeit hätte sich wohl einer schöneren Eigentümlichkeit zu erfreuen, als unser deutsches? einer so kindlichen frommen Unbefangenheit, eines so redlichen Ernstes, einer so wundervollen Tiefe des Gemüts, wie sie uns z. B. in Göthes Faust erschüttert?

An Carl Albert Eugen Schaeffer, 10. Juni 1814

Schlage brüderlich ein, denn das erschöpfte Vaterland braucht wohl eines geistigen Bundes. Das Verhasste, Hindernde niederwerfen kann der Krieg, diese grandiose Völker-Poesie, aber das Bessere dann aufbauen und jene Siege als wahrhafte Siege geltend machen das ist nun unser Tagewerk, unbeachtet und ungedankt von der Menge, aber rühmlich und eines Lebens wert.

Der Krieg ist eine wahre Männerschule; für mich aber war er es auf eine sehr ungewöhnliche und schmerzliche Art. Es ist, als wäre ich in diesen Strudel nur mit hineingezogen worden, um eine nichtswerte Eitelkeit abzulegen, und drei große Tugenden, die mir fehlten, Ergebung in den Willen Gottes, Beharrlichkeit und Geduld zu erlernen.

An Otto Heinrich von Loeben, 8. April 1814

Die Industrie an sich ist eine ganz gleichgültige Sache, sie erhält nur durch die Art ihrer Verwendung und Beziehung auf höhere Lebenszwecke Wert und Bedeutung.

Draußen aber vor den hellerleuchteten Fenstern der schmausenden Patrioten steht hungernd das Volk und verwundert sich und weiß nicht, was los ist und wie ihm geschehen, als dass es zuletzt die Diäten zu bezahlen hat.

Je tiefer unsere abtrünnige Nation in ihrer kultivierten Barbarei herabsinkt, desto einsamer u. wunderbarer stehen über den Niederungen die wenigen Treuen in göttlichem Schmerz u. als erkorne Könige ihrer Zeit.

An Friedrich Ast, 1808–1810

Die Altliberalen

Die wilden Wasser, sagt man, hat entbunden
Ein Lehrling einst, vorwitzig und vermessen,
Doch hinterdrein den Zauberspruch vergessen,
Der streng die Elemente hält gebunden.

Ein tödlich Pulver, sagt man, zu erkunden,
Hat einst ein Mönch sich überklug vermessen,
Und als er eben recht darauf versessen,
Im Zauberdampf den eignen Tod gefunden.

So habt den Zeitgeist ihr gebraut, gemodelt,
Und wie so lustig dann der Brei gebrodelt,
Ihm eure Zaubersprüche zugejodelt.

Und da's nun gärt und schwillt und quillt –
was Wunder,
Wenn platzend dieser Hexentopf jetzunder
Euch in die Lüfte sprengt mit allem Plunder!

Das breite, weitschweifige Land, welches man Deutschland heißt, weil dort alles verdeutscht wird, was das Ausland von sich gibt, läuft bekanntlich – … Also Deutschland, sag ich, läuft bekanntlich in seiner erhabensten Spitze in eine etwas dicke, aber schauerliche Burg aus …

Alle diese verschiedenen Stimmungen und Verstimmungen haben wir allerdings aus erster Hand vom Auslande, namentlich von England und Frankreich überkommen. Allein es war von jeher der unbeneidete, welthistorische Beruf der Deutschen, alle höhern Streitfragen Europas zuletzt innerlich zu formulieren und auszufechten, jedes Neugeborene im eigenen Herzblut auszubaden. Wir haben, gleich den alten Römern, alle fremden Götter der geistig eroberten Provinzen gastlich bei uns aufgenommen und auf die Altäre unsers Pantheons gestellt, bis wir endlich nicht mehr wussten, welcher der rechte Gott sei.

An die Freunde

Es löste Gott das lang verhaltne Brausen
Der Ströme rings – und unser ist der Rhein!
Auf freien Bergen darf der Deutsche hausen
Und seine Wälder nennt er wieder sein.
So brach gewaltig und mit kühnem Grausen
Ein mächt'ger Frühling in die Welt herein,
Und alle sah man ringen, fechten, streben –
O Heldenlust, in solchem Lenz zu leben!

Nun ist der Friede wieder wohl gekommen,
Gesühnt ist manche Sünde vor'ger Zeit. –

Doch wird der Kampf nicht von der Welt genommen,
Solang der Mensch sich ernstrem Streben weiht.
Es hat der Krieg den Funken kühn entglommen,
Das Schlechte stürzt er um im blut'gen Streit:
Das Bessre überm Schutte aufzuführen,
Muss sich nun Geister-Kampf lebendig rühren.

Nennt mir die Palme eures hohen Strebens!
Wollüst'ge Rast ist nicht des Lebens wert.
Nach Ruh sehnt sich die Menschenbrust vergebens,
Erkämpft will sein, was hoher Sinn begehrt.
Ein Krieger bleibt der größre Mann zeitlebens,
Er kämpf' mit Rede, Büchern oder Schwert,
Und rechter Friede wird nur dort geschlossen,
Wo jedem Streiter seine Palmen sprossen.

Wüst ras't der Krieg, Land, Herzen, Städte brennen,
Der Tag, er kommt und scheidet blutigrot;
Doch spannt der Friede ab die tapfern Sennen,
Dann hüte dich, mein Volk, vor größrer Not!
Denn tiefres Wehe weiß ich noch zu nennen:
Erschlaffter Hochmut ist der Völker Tod.
Umsonst geflossen ist das Blut im Kriege,
Sind wir unwürdig selbst der hohen Siege.

So lasst uns unser Deutschland denn umstellen
Bewachend brüderlich in treuer Hut,
Mit Lehren, Rat und Sang die Herzen schwellen,
Dass es bewahre rein die heil'ge Glut,
Den Ernst, den es erkämpft in Bluteswellen,
Der Ehre Hort, Eintracht und festen Mut.
Friede dem Herd und ew'ger Krieg dem Bösen!
So mag uns Gott von aller Schmach erlösen.

Mit dieser Reaktion hängt indes noch eine andere Erscheinung, oder vielmehr sehr natürliche Folge derselben, unmittelbar zusammen, nämlich die auffallende Gleichgültigkeit, ja ein wegwerfendes Vornehmtun gegen die Poesie überhaupt. Es ist eine nicht mehr zu leugnende Tatsache: die Dichter, die sonst mit einer Ballade oder Ode ganz Deutschland elektrisierten, schreiben heutzutage fast nur noch für ihresgleichen, für Rezensenten und für die Frauen, denen daher das Poem als Nippes mit Flitter und Goldschnitt dargebracht werden muss. Die Männer haben anderswo so viel anderes zu tun und begnügen sich, um in den Damenteezirkeln nicht gar zu unwissend und ungeschickt zu erscheinen, höchstens damit, einige Rezensionen anzusehen oder in unaufgeschnittenen Buchhändlerexemplaren zwischen Traum und Wachen auf gut Glück hin und her zu blättern. Viele, und zwar sehr geistreiche Leute, begrüßen diesen Zustand spartanisch als einen herrlichen Umschwung der Zeit; die Nation soll sich ermannen und von dem weichlichen beschaulichen Genuss zum Kampfe, von der Poesie zur ernsten Tat sich wenden. – Wir können in diesen Jubel keineswegs so unbedingt mit einstimmen. Jedenfalls tut jener gutgemeinte Rat gerade jetzt am wenigsten not; unsere Jugend geht ohnedies schon mit mehr Phantasterei als Phantasie in lauter Politik und philisterhafter Altklugheit auf. Und ganz abgesehen davon, dass der Mangel wahrhafter Freude am Schönen unter allen Umständen ein Mangel und barbarisch ist; so wurzeln auch rechte Poesie und rechte Tat stets in *einer* geheimnisvollen Tiefe und sind nur der verschiedene Ausdruck ein und derselben Kraft. Wir meinen vielmehr, jener prüde Ekel am Poetischen rührt daher, dass die Männer, die dichtenden wie die lesenden, vom Patriotismus, der ihnen durch ein abstraktes Weltbürgertum, von der Freiheit, die ihnen durch juvenile Abgötterei mit ihrer Karikatur, von Liebe, die ihnen durch weichliche Liebelei und einen frömmelnden Zuckerüberguss, von der Religion, die ihnen einerseits von den faselnden Romantikern, andererseits von den süßlichen Pietisten verleidet ist, mit einem Worte: von allem Höhern und Großen, das allein des Dichtens wert ist, sich in einer Art verzweifelter Resignation zu einem schlechtverhüllten Materialismus und Egoismus gewendet haben, der nun einmal durchaus keinen schönen Klang gibt. Nicht die Poesie also ist an dem sittlichen Verfalle schuld, sondern umgekehrt: der religiöse und sittliche Abfall im Leben hat den Verfall der Poesie verschuldet, die immer nur der potenzierte Ausdruck des innern Lebens einer Nation sein kann. Gebt diesem Leben einen großen und ewigen Inhalt, und die Poesie wird ihn sehr bald verklärend erfassen, und um die Verjüngte werden auch die ernsten Männer sich wieder scharen, wie sie sich noch in den Befreiungskriegen unter dem Banner der Romantik geschart haben.

Schreibe mir doch bald wieder, wenn es deinen Arm nicht zu sehr inkommodiert; doch lasse dabei das Hochundwohlgeborne, und den: gehorsamsten Diener und Knecht weg, und nenne mich lieber

Deinen
wahren Freund:
Joseph B⟨aron⟩ v. Eichendorff.

An Joseph Sonntag, 26. April 1803

Sehr alte Leute wissen sich wohl noch einigermaßen der sogenannten guten alten Zeit zu erinnern. Sie war aber eigentlich weder gut noch alt, sondern nur noch eine Karikatur des alten Guten. Das Schwert war zum Galanteriedegen, der Helm zur Zipfelperücke, aus dem Burgherrn ein pensionierter Husarenoberst geworden, der auf seinem öden Landsitz, von welchem seine Vorfahren einst die vorüberziehenden Kaufleute gebrandschatzt hatten, nun seinerseits von den Industriellen belagert und immer enger eingeschlossen wurde. Es war mit einem Wort die mürb und müde gewordene Ritterzeit, die sich puderte, um den bedeutenden Schimmel der Haare zu verkleiden; einem alten Gecken vergleichbar, der noch immer selbstzufrieden die Schönen umtänzelt, und nicht begreifen kann und höchst empfindlich darüber ist, dass ihn die Welt nicht mehr für jung halten will.

Der Adel in seiner bisherigen Gestalt war ganz und gar ein mittelalterliches Institut. Er stand durchaus auf der Lehenseinrichtung, wo, wie ein Planetensystem, die Zentralsonne des Kaisertums von den Fürsten und Grafen und diese wiederum von ihren Monden und Trabanten umkreist wurden. Die wechselseitige religiöse Treue zwischen Vasall und Lehnsherrn war die bewegende Seele aller damaligen Weltbegebenheiten und folglich die welthistorische Macht und Bedeutung des Adels. Aber der Dreißigjährige Krieg, diese große Tragödie des Mittelalters, hatte den letzteren, der ohnedem schon längst an menschlicher Altersschwäche litt, völlig gebrochen und beschlossen. Indem er die Idee des Kaisers, wenigstens faktisch, aus der Mitte nahm oder doch wesentlich verschob, musste notwendig der ganze strenggegliederte Bau aus seinen Fugen geraten. Die Stelle der idealen Treue wurde sofort von der materiellen Geldkraft eingenommen; die mächtigeren Vasallen kauften Landsknechte und wurden Raubritter im großen, die kleinern, die in der allgemeinen Verwirrung oft selbst nicht mehr wussten, wem sie verpflichtet, folgten dem größeren Glücke oder besserem Solde. Und als endlich die Wogen sich wieder verlaufen, bemerkte der erstaunte Adel zu spät, dass er sich selbst aus dem großen Staatsverbande heraus, auf den ewig beweglichen Triebsand gesetzt hatte: aus dem freien Lehensadel war unversehens ein Dienstadel geworden, der zu Hofe ging oder bei den stehenden Heeren sich einschreiben ließ.

So war denn namentlich auch die Ritterlichkeit zuletzt fast ausschließlich an die modernen Offizierkorps gekommen. Auf diese warf nun der Siebenjährige Krieg noch einmal einen wunderbaren Glanz, Ruhmbegier, kecke Lust am Abenteuer, Tapferkeit, aufopfernde Treue und manche der anderen Tugenden, die das Mittelalter groß gemacht, schienen von neuem aufzuleben. Allein es war kein in sich geschlossenes Rittertum im alten Sinne mehr, sondern nur das Aufleuchten einzelner bedeutender Persönlichkeiten, die eben deshalb wohl ihre Namen, nicht aber den Geist des Ganzen unsterblich machen

Eichendorff-Bildnis
nach einem Aquarell von Karl von Saar
(1847)

konnten. Auch hier gibt schon das Kostüm, das niemals willkürlich oder zufällig ist, ein charakteristisches Signalement dieses neuen Ritters. Die Eisenrüstung war ihm allmählich zum Kürass, der Kürass zum bloßen Brustharnisch und dieser endlich gar zu einem handbreiten Blechschildchen zusammengeschrumpft, das er gleichsam zum Andenken an die entschwundene Rüstung wie etwa jetzt der Orden zweiter Klasse, dicht unter dem Halse trug, die Rechte, der die Manschette nicht fehlen durfte, ruhte auf einem stattlichen spanischen Rohr, das gepuderte Haupt umschwebten zu beiden Seiten, anstatt der alten Geierflügel, zwei wurfähnlich aufgerollte Locken und »der Zopf der hing ihm hinten«. Ein Ritter mit dem Zopf ist aber durchaus eine undenkbare Missgeburt, was die armen Bildhauer, welche die Helden des Siebenjährigen Krieges darstellen sollen, am schmerzlichsten empfinden. Und dieser fatale Zopf war in der Tat das mystische Symbol der verwandelten Zeit: alles Naturwüchsige, als störend und abgemacht, hinter sich geworfen und mumienhaft zusammengewickelt, bedeutete er zugleich den Stock, die damalige Zentripetalkraft der Heere.

Die jungen Kavaliere jener Zeit dienten in der Regel nicht um einen Krieg, sondern um einen galanten Feldzug gegen die Damen so lange mitzumachen, bis sie die Verwaltung ihrer Güter antreten konnten, oder, wenn sie keine hatten, bis sie mit der glänzenden Uniform eine Schöne oder auch Hässliche erobert, die ihre vielen Schulden zu bezahlen bereit und imstande war. Vom Ritterwesen hatten sie einige verworrene Reminiszenzen ererbt und auf ihre Weise sich zurechtgemacht: vom ehemaligen Frauendienst die fade Liebelei, von der altdeutschen Ehre einen französischen, höchst kapriziösen point d'honneur, vom strengen Lehnsverbande einen kapriziösen Esprit de corps, der nur selten über den ordinärsten Standesegoismus hinauslangte. Es war die hohe Schule des Junkertums, an die selbst Fouqués Recken mit ihren Gardereiterpositionen und ausbündig galanten Redensarten noch zuweilen erinnern.

Der Adel überhaupt aber zerfiel damals in drei sehr verschiedene Hauptrichtungen. Die zahlreichste, gesündeste und bei weitem ergötzlichste Gruppe bildeten die von den großen Städten abgelegenen kleineren Gutsbesitzer in ihrer fast insularischen Abgeschiedenheit, von der man sich heutzutage, wo Chausseen und Eisenbahnen Menschen und Länder zusammengerückt haben und zahllose Journale wie Schmetterlinge, den Blütenstaub der Zivilisation in alle Welt vertragen, kaum mehr eine deutliche Vorstellung machen kann. Die fernen blauen Berge über den Waldesgipfeln waren damals wirklich noch ein unerreichbarer Gegenstand der Sehnsucht und Neugier, das Leben der großen Welt, von der wohl zuweilen die Zeitungen Nachricht brachten, erschien wie ein wunderbares Märchen. Die große Einförmigkeit wurde nur durch häufige Jagden, die gewöhnlich mit ungeheurem Lärm, Freudenschüssen und abenteuerlichen Jägerlügen endigten, sowie durch die unvermeidlichen Fahrten zum Jahrmarkt der nächsten Landstadt unterbrochen. Die letzteren insbesondere waren seltsam genug und könnten sich jetzt wohl in einem Karnevalszuge mit Glück sehen lassen. Vorauf fuhren die Damen im besten Sonntagsstaate, bei den schlechten Wegen nicht ohne Lebensgefahr, unter beständigem Peitschenknall in einer mit vier dicken Rappen bespannten altmodischen Karosse, die über dem unförmlichen Balkengestell in ledernen Riemen hängend, bedenklich hin und her schwankte. – Die Herren dagegen folgten auf einer sogenannten »Wurst«, einem langen gepolsterten Koffer, auf welchem diese Haimonskinder dicht hintereinander und einer dem andern auf den Zopf sehend, rittlings balancierten. – Am liebenswürdigsten aber waren sie unstreitig auf ihren Winterbällen, die die Nachbarn auf ihren verschneiten Landsitzen wechselweise einander ausrichteten. Hier zeigte es sich, wie wenig Apparat zur Lust gehört, die überall am liebsten improvisiert sein will und jetzt so häufig von lauter Anstalten dazu erdrückt wird. Das größte, schnell ausgeräumte Wohnzimmer mit oft bedrohlich elastischem Fußboden stellte den Saal vor, der Schulmeister mit seiner Bande das Orchester, wenige Lichter in den verschiedenartigsten Leuchtern warfen eine ungewisse Dämmerung in die entfernteren Winkel umher, und über die Gruppe von Verwalter- und Jägerfrauen, die in der offenen Nebentüre Kopf an Kopf dem Tanze der Herrschaften ehrerbietig zusahen. Desto strahlender aber leuchteten die frischen Augen der vergnügten Landfräulein, die beständig untereinander etwas zu flüstern, zu kichern und zu necken hatten. Ihre unschuldige Koketterie wusste noch nichts von jener fatalen Prüderie, die immer nur ein Symptom von sittlicher Befangenheit ist. Man konnte sie füglich mit jungen Kätzchen vergleichen, die sorglos in wilden und doch graziös-anmutigen Sprüngen und Windungen im Frühlingssonnenscheine spielen. Denn hübsch waren sie meist, bis auf wenige dunkelrote Exemplare, die in ihrem knappen Festkleide, wie Päonien, von allzu massiver Gesundheit strotzten. – Der Ball wurde jederzeit noch mit dem herkömmlichen Initialschnörkel einer ziemlich ungeschickt ausgeführten Menuett eröffnet, und gleichsam parodisch mit dem graden Gegenteil, dem tollen »Kehraus« beschlossen. Ein besonders gutgeschultes Paar gab wohl auch, von einem Kreise bewundernder Zuschauer umringt, den »Kosakischen« zum besten, wo nur ein Herr und eine Dame ohne alle Touren, sie in heiter zierlichen Bewegungen, er mit grotesker Kühnheit wie ein am Schnürchen gezogener Hampelmann, abwechselnd gegeneinander tanzten. Überhaupt wurde damals, weil mit Leib und Seele, noch mit einer aufopfernden Todesverachtung und Kunstbeflissenheit getanzt, gegen die das heutige vornehm nachlässige Schlendern ein ermüdendes Bild allgemeiner Blasiertheit darbietet. Dabei schwirrten die Geigen und schmetterten die Trompeten und klirrten unaufhörlich die Gläser im Nebengemach, ja zuweilen, wenn der Punsch stark genug gewesen, stürzten selbst die alten Herren, zum sichtbaren Verdruss ihrer Ehefrauen, sich mit den ungeheuerlichsten Kapriolen mit in den Tanz; es war eine wahrhaft ansteckende Lustigkeit. Und zuletzt dann noch auf der nächtlichen Heimfahrt durch die gespensterhafte Stille der Winterlandschaft unter dem klaren Sternenhimmel das selige Nachträumen der schönen Kinder.

Die Glücklichen hausten mit genügsamem Behagen großenteils in ganz unansehnlichen Häusern (unvermeidlich »Schlösser« geheißen), die selbst in der reizendsten Gegend nicht etwa nach ästhetischem Bedürfnis schöner Fernsichten angelegt waren, sondern um aus allen Fenstern Ställe und Scheunen bequem überschauen zu können. Denn ein guter Ökonom war das Ideal der Herren, der Ruf einer »Kernwirtin« der Stolz der Dame. Sie hatten weder Zeit noch Sinn für die Schönheit der Natur, sie waren selbst noch Naturprodukte. Das bisschen Poesie des Lebens war als nutzloser Luxus lediglich den jungen Töchtern überlassen, die denn auch nicht verfehlten, in den wenigen müßigen Stunden längst veraltete Arien und Sonaten auf einem schlechten Klaviere zu klimpern und den hinter dem Hause gelegenen Obst- und Gemüsegarten mit auserlesenen Blumenbeeten zu schmücken. Gleich mit Tagesanbruch entstand ein gewaltiges Rumoren in Haus und Hof, vor dem der erschrockene Fremde, um nicht etwa umgerannt zu werden, eilig in den Garten zu flüchten suchte. Da flogen überall die Türen krachend auf und zu, da wurde unter vielem Gezänk und vergeblichem Rufen gefegt, gemolken, und gebuttert, und die Schwalben, als ob sie bei der Wirtschaft mit beteiligt wären, kreuzten jubelnd über dem Gewirr, und durch die offenen Fenster schien die Morgensonne so heiter durchs ganze Haus über die vergilbten Familienbilder und die Messingbeschläge der alten Möbel, die jetzt als Rokoko wieder für jung gelten würden. An schönen Sommernachmittagen aber kam häufig Besuch aus der Nachbarschaft. Nach den geräuschvollen Empfangskomplimenten und höflichen Fragen nach dem werten Befinden, ließ man sich dann gewöhnlich in der desolaten Gartenlaube nieder, auf deren Schindeldache der buntübermalte hölzerne Cupido bereits Pfeil und Bogen eingebüßt hatte. Hier wurde mit hergebrachten Späßen und Neckereien gegen die Damen scharmützíert, hier wurde viel Kaffee getrunken, sehr viel Tabak verraucht, und dabei von den Getreidepreisen, von dem zu verhoffenden Erntewetter, von Prozessen und schweren Abgaben verhandelt; während die ungezogenen kleinen Schlossjunker auf dem Kirschbaum saßen und mit den Kernen nach ihren gelangweilten Schwestern feuerten, die über den Gartenzaun ins Land schauten, ob nicht der Federbusch eines insgeheim erwarteten Reiteroffiziers der nahen Garnison aus dem fernen Grün emportauche. Und dazwischen tönte vom Hofe herüber immerfort der Lärm der Sperlinge, die sich in der Linde tummelten, das Gollern der Truthähne, der einförmige Takt der Drescher und all jene wunderliche Musik des ländlichen Stillebens, die den Landbürtigen in der Fremde, wie das Alphorn den Schweizer oft unversehens in Heimweh versenkt. In den Tälern unten aber schlugen die Kornfelder leise Wellen, überall eine fast unheimlich schwüle Gewitterstille, und niemand merkte oder beachtete es, dass das Wetter von Westen bereits aufstieg und einzelne Blitze schon über dem dunklen Waldeskranze prophetisch hin und her zuckten.

Denn der Adel (um ihn bei dem einmal traditionell gewordenen Namen zu nennen) ist seiner unvergänglichen Natur nach das ideale Element der Gesellschaft; er hat die Aufgabe, alles Große, Edle und Schöne, wie und wo es auch im Volke auftauchen mag, ritterlich zu wahren, das ewig wandelbare Neue mit dem ewig Bestehenden zu vermitteln und somit erst wirklich lebensfähig zu machen. Mit romantischen Illusionen und dem bloßen eigensinnigen Festhalten des längst Verjährten ist also hierbei gar nichts getan.

Der neue Rattenfänger

Juchheisa! und ich führ den Zug
Hopp über Feld und Graben.
Des alten Plunders ist genug,
Wir wollen neuen haben.

Was! wir gering? Ihr vornehm, reich?
Planierend schwirrt die Schere,
Seid Lumps wie wir, so sind wir gleich,
Hübsch breit wird die Misere!

Das alte Lied, das spiel ich neu,
Da tanzen alle Leute,
Das ist die Vaterländerei,
O Herr, mach uns gescheute! –

Mit der neuen Umwandelung des Zeitgeistes hängt auch der Grundsatz wesentlich zusammen, die Universitäten möglichst in die großen Residenzstädte zu verlegen. Wir wollen keineswegs in Abrede stellen, dass die großen Städte mit ihrem geselligen Verkehr, mit ihren Kunstschätzen, Bibliotheken, Museen und industriellen Anstalten eine sehr bequeme Umschau, eine wahre Universitas alles Wissenswürdigen bieten. Allein es frägt sich nur, ob dieser Vorteil nicht etwa durch Nachteile anderer Art wieder neutralisiert, ja überwogen wird? Uns wenigstens scheint das alles mehr für die Professoren, als für die Studenten geeignet zu sein. Es kommt für die letzteren auf der Universität doch vorzüglich nur auf eine Orientierung in dem Labyrinth der neuen Bildung an. Auf jenen großen Stapelplätzen der Kunst und Wissenschaft aber erdrückt und verwirrt die überwältigende Masse des Verschiedenartigsten, gleichwie schon jeder Reisende, wenn er eine reiche Bildergalerie hastig durchlaufen hat, zuletzt selbst nicht mehr weiß, was er gesehen; und namentlich die großen Bibliotheken kann nur der Gelehrte, der sich bereits für ein bestimmtes Studium entschieden und gehörig vorbereitet hat, mit Nutzen gebrauchen. Wie aber soll der, für alles gleich empfängliche Jüngling mitten zwischen den nach allen Seiten auslaufenden Bahnen sich wahrhaft entscheiden, wo jedes natürliche Verhältnis zwischen Lehrer und

Schüler, wie es in kleinen Universitätsstädten stattfindet, durch den betäubenden Lärm und die allgemeine Zerfahrenheit der Residenz ganz unmöglich wird? Auch hier also droht abermals ein vager Dilettantismus und der lähmende Dünkel der Vielwisserei. Bei der Jugend ist eine kecke Wanderlust, sie ahnt hinter dem Morgenduft die wunderbare Schönheit der Welt; sie sich selbsttätig zu erobern ist ihre Freude. In den großen Städten aber fängt die Jugend gleich mit dem Ende an: aller Reichtum der Welt liegt in der staubigen Mittagschwüle schon wohlgeordnet um sie her, sie braucht ihren Fauteuil nur gähnend da- oder dorthin zu wenden, sie hat nichts mehr zu wünschen und zu ahnen – und ist blasiert.

Trost

Der jagt dahin, dass die Rosse schnaufen,
Der muss im Staub daneben laufen;
Aber die Nacht holt beide ein,
Setzt jenen im Traume neben die Rosse
Und den andern in seine Karosse –
Wer fährt nun fröhlicher? der da wacht,
Oder der blinde Passagier bei Nacht?

Gleichheit

Es ist kein Blümlein nicht so klein,
Die Sonne wird's erwarmen,
Scheint in das Fenster mild herein
Dem König wie dem Armen,
Hüllt alles ein in Sonnenschein
Mit göttlichem Erbarmen.

Ich habe es immer gesagt, nichts als Narrenpossen mit dieser Gleichheit. Das soll »naturgemäß« sein! Als wäre die Natur nicht grade erst recht aristokratisch, stellt den Ochsen über das Kalb, den Hund über die Katze, die Katze über die Ratze, und unter den Menschen den hohen Geburtsadel des Genies über das andre, gemeine Pack. Außerdem, setzte ich mit großer Selbstzufriedenheit hinzu, wird es auch, solange nicht allgemeine Barbarei wiederkehrt, immerfort zwei verschiedene Rassen der Gesellschaft geben, die gebildete und die ungebildete, die niemals miteinander fraternisieren können, weil sie sich wechselseitig genieren, und das Genie mit keinem von beiden, denn es heißt eben Genie, weil es sich niemals geniert, sondern nur alle andern …

Wahrlich, wenn ich jünger und reicher wäre, als ich leider bin, ich wanderte noch heut nach Amerika aus; nicht aus Feigheit – denn die Zeit kann mir persönlich ebenso wenig anhaben als ich ihr – sondern aus unüberwindlichem Ekel an der moralischen Fäulnis, die – mit Shakespeare zu reden – zum Himmel stinkt.

An Theodor von Schön, 1. August 1849

Ein Auswanderer

[Fragment]

I

Europa, du falsche Kreatur!
Man quält sich ab mit der Kultur,
Spannt vorn die Lokomotive an.
Gleich hängen sie hinten eine andre dran,
Die eine schiebt vorwärts, die andre retour,
So bleibt man stecken mit der ganzen Kultur.
Und Ärger hier, und Ärger da,
Und Prügel! … Vivat Amerika!!
Mit den vereinigten Provinzen,
Wo die Einwohner alle Prinzen
Und alle Berge in Gold verhext,
Wo die Zigarre und der Pfeffer wächst!

Und also flog ich dahin wie ein Pfeil,
Über uns Wolken in großer Eil,
England zur Rechten und Frankreich links,
Jetzt in den Ozean grad hinein ging's,
Dass mir der Wind am Hute pfiff.
Ich stand ganz vorne in dem Schiff;
Und als die alte Welt versank,
Nahm ich mein Waldhorn und blies Ade –;
Das gab einen prächtigen Klang,
Mir aber tat's doch im Herzen weh.

II

Auf einmal stößt das Schiff ans Land,
Greift jeder nach seinem Plunder;
Am Land hat man mich gleich erkannt,
Das war ein Lärm, Gott's Wunder!
Da wurden Böller abgebrannt,
Entgegen uns gegangen
Kam ganz New York heraus zum Strand,
Mich würdig zu empfangen.

Der bot mir fürstliches Quartier,
Der bat um meine Sachen,
Man riss sich ordentlich nach mir,
Ich aber musste lachen.
»Mein' Herberg heißt zum Himmelszelt!«

Mein Ränzel nun geschwungen,
So bin ich in die neue Welt
Vom Schiff hineingesprungen.

Doch kaum hatt ich zum Umsehn Zeit,
Spricht einer aus dem Haufen:
Mein Schiff das läge schon bereit,
Um eben auszulaufen;
Geheimer Rat und Hofmarschall,
Kurz meine ganze Suite,
Sei schon in freudenreichem Schall
Am Bord, und tät sich Güte.

Ich: wie? – Er: Yes! Ich: zuviel Ehr! –
Sehr gütig, und so weiter.
Das half nun alles nimmermehr,
Ein Dampfboot braust! Zur Leiter
Trug man mich auf den Händen fast,
Wie einen Potentaten;
Und stromauf ging's sogleich voll Hast
In die vereinten Staaten.

Auf dem Verdecke aber dort
Sah ich viel' Herrn, die lasen
In langen Blättern immerfort: –
Nichts, als Papier und Nasen!
Zuweilen nur ein Rauschen schallt',
Wenn einer 's Blatt umdrehte.

Da merkt ich's wohl, und wusst es bald:
Das sind die Geheimen Räte!

Nur einer ging stolz her und hin,
Die Hände in den Taschen;
In seinen Rock geknöpft, vom Kinn
Bis unter die Kamaschen.
Aha, dacht ich, der Hofmarschall,
Der scheint, als wollt er beißen?
Engländer waren's aber all',
Die dorten Yankees heißen.

Ich bracht gleich ein Gespräch ins Gleis,
Wir sprachen erst ganz gelassen,
Doch konnten wir bei allem Fleiß
Einander nicht recht fassen.
Da fiel mir grad zum Glücke ein,
Was ich gehört schon häufig,
Musik soll eine Weltsprach sein,
Die überall geläufig.

Sprach nun zu mir der Hofmarschall,
Als wie ein Puter im Zorne,
Gab ich ihm gleich mit sanftem Schall
Antwort auf meinem Horne.
Er blickte martialisch dann
Durch seine goldne Brille,
Ich aber blies ihn tapfer an
Mit einem langen Trille–r.

Und das gelang erstaunlich gut,
Je mehr ich blies und lauter,
Je mehr bekam er frischen Mut,
Je aufgeweckter schaut' er.
Und nun ging's immer rascher los,
Ein lebhaft Diskurrieren,
Er Wort auf Wort, ich Stoß auf Stoß,
Als wollten wir duellieren.

Geheime Räte alt und jung,
Die nahten auch ganz leise,
Und standen voll Bewunderung
Rings um mich her im Kreise.
Ich aber brech auf einmal aus,
Und fröhlich Platz mir mache –
Ich hörte mitten durchs Gebraus
Meine Fraumuttersprache!

Da kommt auch einer schon gerannt,
Tritt fast mir auf die Zehen:
»Ei, ei, grüß Gott, Herr Musikant,
Freut mich, Sie wohl zu sehen?«
Ich drauf: Bitt sehr, ein Musikus!
Wie fuhr da der Geselle
Zu einem ehrfurchtsvollen Gruß
Nach seinem Hut so schnelle.

Der Abend aber unterdes
War schon hereingebrochen,
Und plötzlich Preuße, Schwab und Hess',
Da wir so deutsch gesprochen,
Kam's Kopf auf Kopf, und Hut und Mütz
Da aus dem Schiff gekrochen,
Wie Fledermäus aus jedem Ritz,
Weiß nicht, wo all' gestochen.

»Auf Ehre«, da der eine rief,
»Das heiß ich einmal blasen!
Der Hut sitzt Euch schon ganz windschief,
Vor kunstreichen Ekstasen.«
Ein andrer mich erstaunt besieht:
»Wir möchten gerne wissen,
Ob Sie vielleicht Europa müd,
Von Weltschmerz so zerrissen?«

Zerrissen!? Ja, das einz'ge Loch,
Der Schalk hat's gleich erspähet,
Und hatt's am Ellenbogen doch
Erst gestern zugenähet!
Auch mein Kastor, das leugn' ich nicht,
Hatt manchen Bug erlitten,
Weil ich so rasch mit Zeit und Licht
Und Bildung fortgeschritten.

»Oho«, rief ich den Schälken zu,
»Gemach, ihr Herrn Landsleute,
Es sind wohl meine Reiseschuh
Von gestern nicht, noch heute.
Bin ich in Kiez, im Binger Loch,
Im Kuhstall doch gewesen;
Man kann da meinen Namen noch
Auf allen Bänken lesen.

Durch Polen nahm ich meinen Weg,
Man trägt noch Weichselzöpfe,
Nach München zur Pinaglypthek,
Dann über Bockbiertöpfe
Fort, bis Savoyen immerfort,
Wo das Gebirg wie Lanzen
Hellfunkelnd in die Wolken bohrt
Und Murmeltiere tanzen.

In Danzig sah ich's schwarze Meer,
In Wien den Wurstelprater,
Viel Residenzen hin und her
Von manchem Landesvater;
Die Jungfrau von Neu-Orleans,
Mit dem schwarzen Ritter fechten,
Vom großen Schill den Posner dann
Mit seinen Menschenrechten.

Und Dampfschiff, Treckschuit, Eisenbahn
Und Pesth, Triest und Halle – – –«
»Halt, halt, Herr Landsmann, haltet an!«
Schrien die voll Staunen alle.
Und alles jubiliert und ruft,
Und ihre Hüte schwingen
Sie wie besessen in die Luft,
Ein Vivat mir zu bringen.

Jetzt erst erkenn ich bei dem Lärm
Verwundert manch Bekannten
Von Deutschland her in dem Geschwärm, –
Es waren Komödianten.
Und der Direktor tät alsbald
Als Staberl mich engagieren,
Um bei den Yankees im Urwald
Die Bildung einzuführen.

VI

Gotteslob und Gottesdank

Morgenlied

Kein Stimmlein noch schallt von allen
In frühester Morgenstund,
Wie still ist's noch in den Hallen
Durch den weiten Waldesgrund.

Ich stehe hoch überm Tale
Stille vor großer Lust,
Und schau nach dem ersten Strahle,
Kühl schauernd in tiefster Brust.

Wie sieht da zu dieser Stunde
So anders das Land herauf,
Nichts hör ich da in der Runde
Als von fern der Ströme Lauf.

Und ehe sich alle erhoben
Des Tages Freuden und Weh,
Will ich, Herr Gott, dich loben
Hier einsam in stiller Höh. –

Nun rauschen schon stärker die Wälder,
Morgenlicht funkelt herauf,
Die Lerche singt über den Feldern,
Schöne Erde, nun wache auf!

Die Kirche, die Kreuzzüge, das Mittelalter, alles ist ja nur erfunden von und für die Aristokratie.

Wegweiser

»Jetzt musst du rechts dich schlagen,
Schleich dort und lausche hier,
Dann schnell drauflos im Jagen –
So wird noch was aus dir.«

Dank! doch durchs Weltgewimmel,
Sagt mir, ihr weisen Herrn,
Wo geht der Weg zum Himmel?
Das eine wüsst ich gern.

Das Höchste im Leben aber ist die Religion, und der positivste Ausdruck der Religion ist die katholische Kirche.

Und keiner kennt den letzten Akt
Von allen, die da spielen,
Nur der da droben schlägt den Takt,
Weiß, wo das hin will zielen.

So oder so

Die handeln und die dichten,
Das ist der Lebenslauf,
Der eine macht Geschichten,
Der andre schreibt sie auf,
Und der will beide richten;
So schreibt und treibt sich's fort,
Der Herr wird alles schlichten,
Verloren ist kein Wort.

Mahnung

Genug gemeistert nun die Weltgeschichte!
Die Sterne, die durch alle Zeiten tagen,
Ihr wolltet sie mit frecher Hand zerschlagen
Und jeder leuchten mit dem eignen Lichte.

Doch unaufhaltsam rucken die Gewichte,
Von selbst die Glocken von den Türmen schlagen,
Der alte Zeiger, ohne euch zu fragen,
Weist flammend auf die Stunde der Gerichte.

O stille Schauer, wunderbares Schweigen,
Wenn heimlich flüsternd sich die Wälder neigen,
Die Täler alle geisterbleich versanken,

Und in Gewittern von den Bergesspitzen
Der Herr die Weltgeschichte schreibt mit Blitzen –
Denn seine sind nicht euere Gedanken.

Ich wünscht, ich wäre ein Vöglein
Und zöge über das Meer,
Wohl über das Meer und weiter,
Bis dass ich im Himmel wär!

Herz, in deinen sonnenhellen
Tagen halt nicht karg zurück!
Allwärts fröhliche Gesellen
Trifft der Frohe und sein Glück.

Sinkt der Stern: alleine wandern
Magst du bis ans End der Welt –
Bau du nur auf keinen andern
Als auf Gott, der Treue hält.

Aber niemand weiß noch etwas Bestimmtes, alles ist ungewiss u. in Frage; es ist wie eine tiefe Morgendämmerung, noch nirgends eine Landschaft, Fernsicht oder Richtung zu unterscheiden. Gott gebe einen fröhlichen Sonnen-Aufgang!

An Theodor von Schön, 24. Juni 1840

Weihnachten

Markt und Straßen stehn verlassen,
Still erleuchtet jedes Haus,
Sinnend geh ich durch die Gassen,
Alles sieht so festlich aus.

An den Fenstern haben Frauen
Buntes Spielzeug fromm geschmückt,
Tausend Kindlein stehn und schauen,
Sind so wunderstill beglückt.

Und ich wandre aus den Mauern
Bis hinaus ins freie Feld,
Hehres Glänzen, heil'ges Schauern!
Wie so weit und still die Welt!

Sterne hoch die Kreise schlingen,
Aus des Schneees Einsamkeit
Steigt's wie wunderbares Singen –
O du gnadenreiche Zeit!

Über mich übt die Heimat und die schöne Zeit wieder ihre alte Zauberei. Das Herz weit und hoffnungsreich, das Auge frei und fröhlich, ernste Treue erfrischend über mein ganzes Wesen, so ist mein Sein, ich möchte fast sagen ein Verliebtsein in die unvergängliche jungfräuliche Schöne des reichen Lebens. Meine einzige Bitte zu Gott ist: Lass mich das ganz sein, was ich sein kann!

Der Soldat

Und wenn es einst dunkelt,
Der Erd bin ich satt,
Durchs Abendrot funkelt
Eine prächt'ge Stadt:
Von den goldenen Türmen
Singet der Chor,
Wir aber stürmen
Das himmlische Tor.

Es wandelt, was wir schauen,
Tag sinkt ins Abendrot,
Die Lust hat eignes Grauen,
Und alles hat den Tod.

Ins Leben schleicht das Leiden
Sich heimlich wie ein Dieb,
Wir alle müssen scheiden
Von allem, was uns lieb.

Was gäb es doch auf Erden,
Wer hielt' den Jammer aus,
Wer möcht geboren werden,
Hieltst du nicht droben Haus!

Du bist's, der, was wir bauen,
Mild über uns zerbricht,
Dass wir den Himmel schauen –
Darum so klag ich nicht.

Und die Vögel ziehn über die Buchen,
Der Sommer der ist vorbei,
Ich aber muss wandern und suchen,
Wo der ewige Frühling sei.

Was will ich noch hoffen?
Hinauf, ach hinauf!
Der Himmel ist offen,
Nimm, Vater, mich auf!

VII

Die Frauen und die Liebe

Vor der Stadt

Zwei Musikanten ziehn daher
Vom Wald aus weiter Ferne,
Der eine ist verliebt gar sehr,
Der andre wär es gerne.

Die stehn allhier im kalten Wind
Und singen schön und geigen:
Ob nicht ein süßverträumtes Kind
Am Fenster sich wollt zeigen?

Es hatte sich unterdes ein niedliches, etwa zehnjähriges Mädchen eingefunden, die in einer reizenden Kleidung mit langen Beinkleidern und kurzem schleiernen Röckchen darüber, keck im Zimmer herumsprang. Es war die Tochter vom Hause. Ein Herr aus der Gesellschaft reichte ihr ein Tamburin, das in einer Ecke auf dem Fußboden gelegen hatte. Alle schlossen bald einen Kreis um sie und das zierliche Mädchen tanzte mit einer wirklich bewunderungswürdigen Anmut und Geschicklichkeit, während sie das Tamburin auf mannigfache Weise schwang und berührte und ein niedliches italienisches Liedchen dazu sang. Jeder war begeistert, erschöpfte sich in Lobsprüchen und wünschte der Mutter Glück, die sehr zufrieden lächelte. Nur Friedrich schwieg still. Denn einmal war ihm schon die moderne Knabentracht bei Mädchen zuwider, ganz abscheulich aber war ihm diese gottlose Art, unschuldige Kinder durch Eitelkeit zu dressieren. Er fühlte vielmehr ein tiefes Mitleid mit der schönen kleinen Bajadere. Sein Ärger und das Lobpreisen der andern stieg, als nachher das Wunderkind sich unter die Gesellschaft mischte, nach allen Seiten hin in fertigem Französisch schnippische Antworten erteilte, die eine Klugheit weit über ihr Alter zeigten, und überhaupt jede Ungezogenheit als genial genommen wurde.

Der Soldat

I

Ist auch schmuck nicht mein Rösslein,
So ist's doch recht klug,
Trägt im Finstern zu 'nem Schlösslein
Mich rasch noch genug.

Ist das Schloss auch nicht prächtig:
Zum Garten aus der Tür
Tritt ein Mädchen doch allnächtig
Dort freundlich herfür.

Und ist auch die Kleine
Nicht die Schönst auf der Welt,
So gibt's doch just keine,
Die mir besser gefällt.

Und spricht sie vom Freien:
So schwing ich mich auf mein Ross –
Ich bleibe im Freien,
Und sie auf dem Schloss.

Der verzweifelte Liebhaber

Studieren will nichts bringen,
Mein Rock hält keinen Stich,
Meine Zither will nicht klingen,
Mein Schatz, der mag mich nicht.

Ich wollt, im Grün spazierte
Die allerschönste Frau,
Ich wär ein Drach und führte
Sie mit mir fort durchs Blau.

Ich wollt, ich jagt gerüstet
Und legt die Lanze aus,
Und jagte all Philister
Zur schönen Welt hinaus.

Ich wollt, ich säß jetzunder
Im Himmel still und weit,
Und früg nach all dem Plunder
Nichts vor Zufriedenheit.

Das zerbrochene Ringlein

In einem kühlen Grunde
Da geht ein Mühlenrad,
Mein Liebste ist verschwunden,
Die dort gewohnet hat.

Sie hat mir Treu versprochen,
Gab mir ein'n Ring dabei,
Sie hat die Treu gebrochen,
Mein Ringlein sprang entzwei.

Ich möcht als Spielmann reisen
Weit in die Welt hinaus,
Und singen meine Weisen,
Und gehn von Haus zu Haus.

Ich möcht als Reiter fliegen
Wohl in die blut'ge Schlacht,
Um stille Feuer liegen
Im Feld bei dunkler Nacht.

Hör ich das Mühlrad gehen:
Ich weiß nicht, was ich will –
Ich möcht am liebsten sterben,
Da wär's auf einmal still!

Das ist das allerdümmste bei der Liebe, dass sie immer nachtwandeln will, wenn alle andern vernünftigen Kreaturen schlafen.

Jeder meint, die Schönste wär sein Lieb
Und das Allerbeste, was er schrieb.
Wär es anders, möcht keiner heiraten,
Und kein Liedchen würd geraten.

Das kalte Liebchen

Er. Lass mich ein, mein süßes Schätzchen!
Sie. Finster ist mein Kämmerlein.
Er. Ach, ich finde doch ein Plätzchen.
Sie. Und mein Bett ist eng und klein.

Er. Fern komm ich vom weichen Pfühle.
Sie. Ach, mein Lager ist von Stein.
Er. Draußen ist die Nacht so kühle.
Sie. Hier wird's noch viel kühler sein.

Er. Sieh! die Sterne schon erblassen.
Sie. Schwerer Schlummer fällt mich an. –
Er. Nun, so will ich schnell dich fassen!
Sie. Rühr mich nicht so glühend an.

Seit Bibel und Hauspostille aus den bürgerlichen Haushaltungen verschwunden, hat nun diese Schmierliteratur ihre Stelle eingenommen als ein Evangelium der neuen Bildung, und gerade die eifrigsten Leser sind die Frauen, diese passiven Genies. Und da die Leserinnen natürlicherweise wieder am liebsten zu Frauenbüchern, als den ihnen verständlichern, und Frauen von Talent daher auch lieber zur Feder als zum Strickstrumpf greifen, um der hitzigen Nachfrage und Bildungswut ihrer Mitschwestern zu begegnen, so befindet sich jetzt die Unterhaltungsliteratur, sowohl hinsichtlich der Produzenten als der Konsumenten, in der Tat zum größten Teil in den Händen der Frauen. Das ist aber keineswegs gleichgültig, wenn man erwägt, dass den Frauen wesentlich die Bildung der Familie obliegt, und sie hiernach jene Leihbibliotheken-Weisheit auf künftige Generationen zu verpflanzen gar wohl die Macht und den allerbesten Willen haben.

Einstens, da ich Lust bekam,
Mir zu freien eine Dam,
Und sie freundlich fragte,
Ob ich ihr auch wohlgefiel;
»Wahrlich nicht besonders viel!«
Sie gar spöttisch sagte.

Frühlingsnacht

Übern Garten durch die Lüfte
Hört ich Wandervögel ziehn,
Das bedeutet Frühlingsdüfte,
Unten fängt's schon an zu blühn.

Jauchzen möcht ich, möchte weinen,
Ist mir's doch, als könnt's nicht sein!
Alte Wunder wieder scheinen
Mit dem Mondesglanz herein.

Und der Mond, die Sterne sagen's,
Und in Träumen rauscht's der Hain,
Und die Nachtigallen schlagen's:
Sie ist Deine, sie ist dein!

Federzeichnung von Franz Stassen, 1925

Parole

Sie stand wohl am Fensterbogen
Und flocht sich traurig ihr Haar,
Der Jäger war fortgezogen,
Der Jäger ihr Liebster war.

Und als der Frühling gekommen,
Die Welt war von Blüten verschneit,
Da hat sie ein Herz sich genommen
Und ging in die grüne Heid.

Sie legt das Ohr an den Rasen,
Hört ferner Hufe Klang –
Das sind die Rehe, die grasen
Am schattigen Bergeshang.

Und abends die Wälder rauschen,
Von fern nur fällt noch ein Schuss,
Da steht sie stille, zu lauschen:
»Das war meines Liebsten Gruß!«

Da sprangen vom Fels die Quellen,
Da flogen die Vöglein ins Tal.
»Und wo ihr ihn trefft, ihr Gesellen,
Grüßt mir ihn tausendmal!«

Der letzte Gruß

Ich kam vom Walde hernieder,
Da stand noch das alte Haus,
Mein Liebchen, sie schaute wieder
Wie sonst zum Fenster hinaus.

Sie hat einen andern genommen,
Ich war draußen in Schlacht und Sieg,
Nun ist alles anders gekommen,
Ich wollt, 's wär wieder erst Krieg.

Am Wege dort spielte ihr Kindlein,
Das glich ihr recht auf ein Haar,
Ich küsst's auf sein rotes Mündlein:
»Gott segne dich immerdar!«

Sie aber schaute erschrocken
Noch lange Zeit nach mir hin,
Und schüttelte sinnend die Locken
Und wusste nicht, wer ich bin. –

Da droben hoch stand ich am Baume,
Da rauschten die Wälder so sacht,
Mein Waldhorn, das klang wie im Traume
Hinüber die ganze Nacht.

Und als die Vögelein sangen
Frühmorgens, sie weinte so sehr,
Ich aber war weit schon gegangen,
Nun sieht sie mich nimmermehr!

Es besteht ein ebenso alter als wunderlicher Streit über den Bildungsberuf der Frauen. Die einen wollen sie nur mit der Spindel und dem rasselnden Schlüsselbund, nur im Wochenbett und in der Kinderstube dulden, während die andern, auch hier dem planierenden Prinzipe unbedingter Freiheit und Gleichheit huldigend, ihnen Tribünen, Katheder, ja Schlachtfelder öffnen und die ganze Flut der Zeitbildung gegen sie loslassen möchten, um den mittelalterlichen Rost, wie sie es nennen, von ihnen abzuwaschen.

Wer den weiblichen Teil der Menschheit nicht etwa echt orientalisch als eine besondere Rasse zum Nutzen und Vergnügen des männlichen Publikums betrachtet, der wird natürlicherweise den Frauen auch das Recht und die Pflicht zusprechen müssen, das Ebenbild Gottes, das ihnen der Schöpfer so gut wie uns eingehaucht, nach besten Kräften in sich zu vollenden und zu verherrlichen. Haben doch die Männer keineswegs den Himmel für sich gepachtet, und die Kirche hat ebenso viele heilige Frauen als männliche Heilige aufzuweisen. Hierzu aber ist das bloße Absperren und das Ignorieren des Feindes jederzeit unzulänglich, und um so unzureichender wird solche wehrlose Unschuld in einer ganz verworrenen Zeit, wie die unsrige, sich bewähren, wo die kompliziertesten geistigen Zustände und Gefahren auch besondere geistige Waffen erheischen, die, um nicht überrascht zu werden, nur im Feuer der modernen

Bildung gestählt und geprüft werden können; denn der weltkluge Feind, unverdrossen mit der Zeit fortschreitend und die Moden wechselnd, erscheint immer in neuer Gestalt und Rüstung, auf die Mann und Weib gefasst sein sollen. – In dem Hauptzweck also, für das Höchste im Leben, fällt allerdings die Bildung der Frauen und der Männer in eins zusammen. Allein in dem Gebrauch jener Bildung für die Welt sind sie wesentlich verschieden. Durch alle äußere Weltordnung gehen zwei waltende Hauptelemente: die Sitte und das Recht. Die erstere haben die Frauen zu wahren und zu pflegen, und zu diesem Amt hat sie zuerst das Christentum längst genügend emanzipiert; das Recht dagegen haben die Männer auf Erden geltend zu machen und zu beschützen; das ist der ewige Gegensatz von Kraft und Milde, damit die Weltgeschichte sich nicht in Einseitigkeit monströs verstocke. Beide zwar, Recht und Sitte, haben eine gemeinsame religiöse Wurzel, in der eben, wie bereits erwähnt, die Bildung beider Geschlechter ursprünglich zusammentrifft; die Sitte aber in ihrer wesentlich *erziehenden* Gewalt wird immer vorzüglich nur in der Familie und deren geselligen Beziehungen wirksam sein können, während das Recht, in seiner allgemeinen Bedeutung als Gerechtigkeit und Schirm des Guten, Schönen und Wahren, draußen die Welt und das Leben tatsächlich ordnen will und den Kampf aufnimmt, damit die Familie im Gottesfrieden bleibe. So scheint nun einmal die Vorsehung seit Jahrtausenden den beiden Geschlechtern ihre verschiedene Stellung angewiesen und im Volksgefühl aller Nationen begründet zu haben; denn ein Mannweib ist überall ebenso lächerlich als ein weibischer Mann. Das Großsprechen und Reiten und Zigarrenrauchen tut's nicht und macht die freie Frau ebensowenig als die Schnurr- und andern Bärte den Nebeljungen zum Weltweisen oder Helden. Die Überbesorglichen aber, die in jener Beschränkung des Weibes eine willkürliche Aristokratie der Männer erkennen wollen und deshalb auf die Natur, die ja alles gleich geschaffen habe, sich berufen, verweisen wir gerade auf diese Natur selbst, welche von jeher höchstaristokratisch den Starken über den Schwachen, den Hund über die Katze, die Katze über die Maus und, weiter hinauf, den hohen Geburtsadel des Genies über das andere gewöhnliche Volk gesetzt hat. Wir werden uns also schon hierbei bescheiden und die Verantwortlichkeit einer höheren Leitung getrost überlassen können.

Das wahre Verhältnis der Frauen ist vielleicht niemals richtiger aufgefasst und schöner dargestellt worden als im ritterlichen Mittelalter, wo der Ritter vor dem Kampfe sich seiner Dame, welche er oft kaum dem Namen nach kannte, als einer unsichtbaren, idealen Macht empfahl, die der Kampf erst adeln sollte. Wenn nun aber hiernach der ritterliche Wettkampf überhaupt vorzüglich den Männern anheimfällt, heutzutage jedoch in diesem Kampfe die Ritter vom Schwert immer mehr durch die Ritter von der Feder abgelöst werden und unter den letztern auch die Dichter ihre bedeutende Stelle einnehmen, so steht eine dichtende Frau allerdings schon an den äußersten Grenzen ihres natürlichen Berufes.

Der Kadett

Meine Liebste, die ist von allen
Grade die Schönste nicht,
Doch hat mir eben gefallen
Ihr spielendes Augenlicht.

Da kann ich von Glücke sagen,
Denn wär sie die Schönste just,
Müsst ich mit allen mich schlagen
Um die Eine nach Herzenslust.

Da ich nämlich das große Karussell, das sie Staatswirtschaft nennen, so recht ansah: wie da jeder bequem u. stattlich auf seinem hölzernen Pferde oder Schlitten sitzt und einen Ring nach dem andern absticht, hat mich selber die Lust angewandelt, auch mit aufzuhocken, wenigstens hinten auf die Pritsche irgend eines solchen wichtigen Mannes. Ich habe mich bei der hiesigen Regierung zum Examen gemeldet, zu welchem ich mich nunmehr heftig vorbereite. Ich glaube im Grunde, ich habe einen dummen Streich gemacht, der sich leicht mit meinem Durchfallen in der nicht leichten Prüfung garstig enden kann. Denn ich habe wenig Zeit, wenig Lust, wenig Kenntnisse, wenig Geld, wenig Protektion, wenig connaissances, liaisons, savoir vivre und andern solchen Teufelsdreck, und wenn mich meine brave Frau nicht noch stark, frisch und frei erhielt, wär' ich längst schon fortgelaufen.

An Carl Albert Eugen Schaeffer, 18. Juli 1816

Meine Grete stand dabei in der Stalltür, die kann's bezeugen. Die solltet Ihr kennen, ein gutes, vertrauliches Mädchen, und gewachsen wie ein Bienenstock, überall egal rund –

»Das Fräulein ist ein schönes Kind,
Sie hat so muntre Augen,
Die Augen so verliebet sind,
Zu sonst sie gar nichts taugen.«

Sie war eine lebhafte, regsame Frau, wie man zu sagen pflegt, in den besten Jahren, eigentlich aber gerade in den schlimmsten. Denn ihre Gestalt und unverkennbar schönen Gesichtszüge fingen soeben an, auf ein vergangenes Reich zu deuten. In dieser gefährlichen Sonnenwende steigt die Schönheit mürrisch, launisch und zankend von ihrem irdischen Throne, wo sie ein halbes Leben lang geherrscht, in die öde, freudenlose Zukunft, wie ins Grab.

›... ach, dass ich kein Mann geworden bin! ihnen gehört alles, sie regieren die Welt.‹ – Die kluge Amme erwiderte: ›Desto besser, Kind, desto besser, denn die Frauen regieren wieder die Männer.‹

VIII

Von der Erhabenheit des Krieges

Willst du das Recht', frag andre nicht, was recht.

Auf der Feldwacht

Mein Gewehr im Arme steh ich
Hier verloren auf der Wacht,
Still nach jener Gegend seh ich,
Hab so oft dahin gedacht!

Fernher Abendglocken klingen
Durch die schöne Einsamkeit;
So, wenn wir zusammen gingen,
Hört ich's oft in alter Zeit.

Wolken da wie Türme prangen,
Als säh ich im Duft mein Wien,
Und die Donau hell ergangen
Zwischen Burgen durch das Grün.

Doch wie fern sind Strom und Türme!
Wer da wohnt, denkt mein noch kaum,
Herbstlich rauschen schon die Stürme,
Und ich stehe wie im Traum.

Hüt dich! wer mit dem Schwert ins Buch der Welt
Gesetze schreibt, der frägt nicht, ob ein Blatt
Ihm an der Degenspitze hängenbleibt.

Zwielicht

Dämmrung will die Flügel spreiten,
Schaurig rühren sich die Bäume,
Wolken ziehn wie schwere Träume –
Was will dieses Graun bedeuten?

Hast ein Reh du, lieb vor andern,
Lass es nicht alleine grasen,
Jäger ziehn im Wald und blasen,
Stimmen hin und wieder wandern.

Hast du einen Freund hienieden,
Trau ihm nicht zu dieser Stunde,
Freundlich wohl mit Aug und Munde,
Sinnt er Krieg im tück'schen Frieden.

Was heut müde gehet unter,
Hebt sich morgen neugeboren.
Manches bleibt in Nacht verloren –
Hüte dich, bleib wach und munter!

So 'n Friede ist wie abgestandnes Bier,
Wirft keinen nieder, aber schmeckt langweilig,
Die Zeit wird sauer, wenn sie lange steht.

Du weißt's so gut wie ich, es fällt das Heil
Vom Himmel nicht, es will erobert sein,
Und wer da nach dem Höchsten zielt, darf nimmer
Gemeine Übel scheun.

SCHUHMACHER. Kurz, wie ich Euch schon gesagt habe –

SEIFENSIEDER. Und wie ich folglich schon lang gehört habe –

SCHUHMACHER. Es wird mit dem Ezelin eine neue Zeit kommen.

SEIFENSIEDER. Das pflegt so zu kommen, wenn die alte vorbei ist.

SCHUHMACHER. Eine große Zeit, sag ich Euch, für das Vaterland, für uns Schuhmacher. Er hält nicht einen Monat lang Frieden.

SEIFENSIEDER. Eben, just deswegen bin ich, als Patriot und Seifensieder, gegen den Ezelin.

SCHUHMACHER. Aber so lasst Euch doch nur vernünftig einreden! Wenn so beständig Krieg ist –

SEIFENSIEDER. Just deswegen, der Krieg ist ein ungewaschenes Metier, und bringt die Seife aus der Mode.

SCHUHMACHER. Also: wenn Krieg ist, so werden viel Kälber konsumiert, und wenn viel Kälber geschlachtet werden, versteht mich! so ist am Ende so ein Kalbsfell für gar nichts zu haben.

SEIFENSIEDER. Ganz falsch geschlossen! Denn im Kriege barbieren sie einander ohne Seife, dass das Blut über den Bart herunterläuft.

SCHUHMACHER. Aber so lasst mich doch nur! Wenn nun, sag ich, auf der einen Seite die Felle für gar nichts zu haben sind, so steigen auf der andern Seite wieder die Schuhe im Preise. Ein solches großes Kriegsjahr schleift Euch mehr Sohlen ab, als wir hier zeit unsers Lebens vertreten.

SEIFENSIEDER. Grade im Gegenteil, begreift doch nur! Denn sie barbieren einander erstens entweder ohne Seife, oder sie lassen zweitens die Bärte wie Unkraut wuchern, so dass drittens kein Endchen Gesicht mehr zu einer vernünftigen Wäsche übrigbleibt.

… Sieh, wie damals glüht
Das farb'ge Land, die Wandervögel ziehen,
Und alles mahnt mich an die schöne Zeit,
Wo wir zu Lust und Not im Felde lagen,
Ich noch ein Bruder unter treuen Brüdern.

Die heitre Nacht erscholl von frommen Liedern,
Im stillen Tale riefen fern die Wachen,
Derweil die Sterne ihre Runde machten,
Die Zukunft lag noch wunderbar verborgen,
Da wittern schnaubend schon die Ross den Morgen,
Es schauert das Heer und die Trompeten werben –
Da ist's 'ne Lust, zu leben und zu sterben!

Wer den Tod fürchtet und wer ihn sucht, sind beide schlechte Soldaten, wer aber ein schlechter Soldat ist, der ist auch kein rechter Mann.

Trost

Es haben viel Dichter gesungen
Im schönen deutschen Land,
Nun sind ihre Lieder verklungen,
Die Sänger ruhen im Sand.

Aber solange noch kreisen
Die Stern um die Erde rund,
Tun Herzen in neuen Weisen
Die alte Schönheit kund.

Im Walde da liegt verfallen
Der alten Helden Haus,

Doch aus den Toren und Hallen
Bricht jährlich der Frühling aus.

Und wo immer müde Fechter
Sinken im mutigen Strauß,
Es kommen frische Geschlechter
Und fechten es ehrlich aus.

Überhaupt aber darf hierbei nicht übersehen werden, dass dem Zweikampf ein an sich sehr ehrenwertes Motiv zum Grunde liegt: das der gesunden Jugend eigentümliche, spartanische Gerechtigkeitsgefühl, das sich ohne innere Einbuße nicht unterdrücken lässt. Es gibt fast unsichtbare Kränkungen, infam, perfid und boshaft, die bis in das innerste Mark verwunden, und doch, eben weil sie juridisch ungreifbar sind, vom Gesetz nicht vorgesehen werden können. Dies ist der eigentliche Sitz des Übels, der Kampfplatz, wo der Zweikampf, wie früher die Gottesgerichte, ausgleichend eintritt. Dasselbe gilt im großen auch von den Kriegen, diesen barbarischen Völkerduellen um Güter, die das materielle Staatsrecht nicht zu würdigen und zu schützen vermag, und zu denen wir namentlich die Nationalehre rechnen. – Demungeachtet sind wir weit entfernt, die ganz unchristliche Selbsthilfe des Zweikampfs irgendwie verteidigen zu wollen, wünschen vielmehr vorerst nur eine genügende Vermittelung und Beseitigung seines tieferen Grundes, ohne welche, nach menschlichem Ermessen, alle Verbotsgesetze dagegen stets illusorisch bleiben werden.

Die erste Hälfte des Krieges hindurch verleidete mir, als gemeinem Soldaten, die oft unerträgliche Strapaze und besonders das ewige ekle Zusammenleben mit dem gemeinsten Pöbel alles sonstige Romantische meines Standes, die letztere Hälfte hindurch aber, als Offizier und beständig in Torgau festgebannt, wurde ich dermaßen in das kalte Meer der militärischen Pedanterie, Schikane und Langeweile untergetaucht, dass ich darüber fast ganz vergaß, warum ich Soldat geworden.

An Otto Heinrich von Loeben, 10. August 1814

Es scheiden unsre Wege an dieser Felsenwand,
Wohin dereinst sie führen, das steht in Gottes Hand,
Dich rufen deine Scharen, ich hab ein andres Heer,
Geh du dorthin, ich dahin – wir sehn uns nimmermehr.

Wölbe, Herr, den Friedensbogen
Milde über Freund und Feind!

Zeichnung von Max Odoy, 1924, nach einem Bildnis Eichendorffs »en Miniature als schwarzer Ritter mit goldener Kette und Stickerei« (1809)

IX

Dichtung und Dichterleben

Und sehn wir der Störche Zug
Kreisen über Tal und Hügel,
Wünschen wir vergeblich Flügel,
Uns den Freien nachzuschwingen
In das Land der Poesie.

Das Lied

Halb Worte sind's, halb Melodie,
Was mir durchs Herze zieht,
Weiß nicht, woher, wozu und wie,
Mit einem Wort: ein Lied.

Die Beschreibung Ihrer ländlichen Einsamkeit hat mich wunderbar an meine eigene Jugend erinnert, da ich ebenso, mitten aus dem Tumult der Welt herausgerissen, manches Jahr auf meinem Heimatschlosse verlebte. Diese herbstlichen Abschiedslaute der Wandervögel, das Fallen der Blätter, als wollten sie unser Leben begraben; alle das Bangen, Sehnen in die Ferne hinaus und doch wieder heimische Behagen in den wohlgeheizten sichern Stuben, wenn es draußen schneit und stürmt – das alles gehört wesentlich dazu, ein rechtes Dichterherz zu vertiefen, und wird auch eigentlich nur von einem rechten Dichterherzen, wie das Ihre, verstanden. Überhaupt kann ein Dichter wohl vom Glücke sagen, wenn er eine ländliche Heimat hat, ich kann mir nicht einmal recht denken, wie einem reinen Stadtvogel zumute ist.

An Jegór von Sivers, 14. November 1853

»Hüt dich wohl«, entgegnete Fortunat, »es ist ein wunderbares Lied in dem Waldesrauschen unserer heimatlichen Berge; wo du auch seist, es findet dich doch einmal wieder, und wär es durchs offene Fenster im Traum, keinen Dichter noch ließ seine Heimat los.«

… wer einen Dichter recht verstehen will, muss seine Heimat kennen. Auf ihre stillen Plätze ist der Grundton gebannt, der dann durch alle seine Bücher wie ein unaussprechliches Heimweh fortklingt.

WALTER *sitzt im Garten an einem Tischchen …*
Was der Graf heut lange bleibt!
Füchse, Reh' und Hasen treibt

Früh und spät er durch die Klüfte;
Im Gekose milder Lüfte
Sitz ich hier derweil und dichte. –
Eine saubere Geschichte!
Wie zwei reisende Scholaren
Sind wir alle Welt umfahren.
Und nun liegt allhier am Strande
Unser Schifflein quer im Sande. –
Nun, das nennt man: »auf dem Lande«. –
Es ist wahr, die alten Rüster
Über mir da, sie erweisen
Sich recht artig mit Geflüster,
Ziemlich grün, ich muss bekennen,
Ist der Rasen hier zu nennen,
Der Salat recht zum Verspeisen,
Diese Lerche singt passabel. –
Mir ist doch ganz miserabel.
Langsam rieselt Langeweile,
Wie ich hier Tragödien zimmer,
Mir vom Scheitel bis zur Ferse.
's ist, als dehnt' sich jede Zeile,
Immer dünner, immer dümmer,
Mir unendlich zum Streckverse,
Ja, als wüchsen, so alleine
Auf der teuflisch harten Bank,
Samt den Stiefeln mir die Beine
Unterm Tisch weg, lang, lang, lang. –

Ich schreibe poetisch, du lebst poetisch, wer dabei besser fährt, ist leicht zu denken –

An Wilhelm von Eichendorff, nach dem 2. September 1831

Der Beifall, den mein Roman bei Dir gefunden, hat mich hocherfreut und gerührt zugleich. Es ist ja das einzige Glück eines Dichters, die Gunst der wenigen zu erringen, an die er beim Dichten eigentlich gedacht. Mit der Menge ist es doch nichts.

An Otto Heinrich von Loeben, 25. Dezember 1814

Ich selbst lebe übrigens den hergebrachten Schlendrian fort. Die Versetzung nach Königsberg hat nichts verändert, als dass ich mehr Gehalt u. mehr Geschäfte habe, also fortwährend der alte Kampf zwischen Muse u. Muße.

An Willibald Alexis, 25. Mai 1825

Das ist eben das Wunderbare, diese Sehnsucht nach dem Unerreichbaren, und könnte diese jemals befriedigt werden, so wäre es mit der Kunst aus. – Mir lässt mein Amt jetzt leider nicht viel Muße zum Dichten, es ist schwer, zweien Herren zu dienen. Doch die

Zeit gibt immer mehr Fertigkeit, und die größere Fertigkeit dann wieder mehr Zeit, und so hoffe ich mich wohl noch leidlich einzurichten.

An Ludwig Sigismund Ruhl, 9. Januar 1822

Doch was hilft die Gunst der Musen,
Dass die Welt mich Dichter nennt?
Keiner frägt, wie mir im Busen
Sorge tief und Sehnsucht brennt.

Rückblick

Ich wollt im Walde dichten
Ein Heldenlied voll Pracht,
Verwickelte Geschichten,
Recht sinnreich ausgedacht.
Da rauschten Bäume, sprangen
Vom Fels die Bäche drein,
Und tausend Stimmen klangen
Verwirrend aus und ein.
Und manches Jauchzen schallen
Ließ ich aus frischer Brust,
Doch aus den Helden allen
Ward nichts vor tiefer Lust.

Kehr ich zur Stadt erst wieder
Aus Feld und Wäldern kühl,
Da kommen all die Lieder
Von fern durchs Weltgewühl,
Es hallen Lust und Schmerzen
Noch einmal leise nach,
Und bildend wird im Herzen
Die alte Wehmut wach,
Der Winter auch derweile
Im Feld die Blumen bricht –
Dann gibt's vor Langerweile
Ein überlang Gedicht!

Kein Dichter gibt einen fertigen Himmel; er stellt nur die Himmelsleiter auf von der schönen Erde. Wer, zu träge und unlustig, nicht den Mut verspürt, die goldenen, losen Sprossen zu besteigen, dem bleibt der geheimnisvolle Buchstabe doch ewig tot, und ein Leser, der nicht selber mit und über dem Buche nachzudichten vermag, täte besser, an ein löbliches Handwerk zu gehen, als so mit müßigem Lesen seine Zeit zu verderben.

Lothario sah ihn ein Weilchen fast ärgerlich an. »Ich begreif's nicht«, sagte er dann, »wie ihr Dichter es vor Langerweile aushaltet, so ein dreißig bis fünfzig Jahre auf der ästhetischen Bärenhaut rücklings über zu liegen, und Kriegstrouble, Philosophie, wilde Jäger und singende Engel wie ein Wolkenspiel über euch dahinziehen zu lassen, um daraus ganz gemächlich ein paar dicke Romane zusammenzuschreiben, die am Ende niemand liest ...«

Walter aber fing nun an, einige Lieblingsstellen aus Victors Werken zu rezitieren, was Fortunat immer störte, weil ein gutes Gedicht keine Stellen, sondern eben nur das ganze gute Gedicht gibt, gleichwie eine abgeschlagene Nase oder ein Paar abgerissene Ohren der Mediceischen Venus für Kenner recht gut, aber sonst ganz nichtswürdig sind.

Alle guten Geister loben Gott den Herrn. Mit diesem einfach kräftigen Exorzismus haben unsere frommen Vorfahren von jeher allen bösen Spuk gebannt und sind unangefochten hindurchgegangen. So wollen wir denn auch in der Poesie desgleichen tun gegen den lärmenden Hexensabbat unserer neuesten unschönen Literatur.

Euer Exzellenz wünschen ein Buch zur Geistes-Erfrischung. Leider weiß ich beim besten Willen keines zu empfehlen, ich suche es selbst vergeblich. Die allerneueste Poesie, so oft u. so herzhaft ich auch darangegangen, hat mich jedesmal durch das Forcierte u. Gemachte wieder abgeschreckt, durch diese fast grandiose Affektation, die um so widerlicher ist, jemehr sie sich den Schein der Natürlichkeit u. Innerlichkeit zu geben sucht. Shakspeare ist u. bleibt doch der Meister, erfrischend für alle Zeiten.

An Theodor von Schön, 2. Oktober 1839

Von den armen Dichtern hoffen Ew. Exzellenz doch wohl zu viel. Sie sollen freilich über ihrer Zeit stehen, wie die Könige, aber sie sind auch wieder recht eigentlich die Kinder ihrer Zeit u. leben von den Eindrücken des Tages. Daher durch die ganze Geschichte die fatale Erscheinung, dass eine große Zeit immer große Dichter, eine schlechte Zeit immer schlechte oder gar keine Dichter hat, gleichwie die Vögel im Winter nicht singen, wo es grade am meisten Not täte. Der Ärger wirkt bloß kritisch, was immer der Tod der Poesie ist.

An Theodor von Schön, 24. Oktober 1842

Sie haben mir damit eine große Freude gemacht, nicht nur durch die Liebe, womit Sie meiner u. meiner Dichtungen sich erinnern, sondern auch durch das Werk selbst, das anstatt abstrakter Begriffe wieder einmal lebendige Gestalten gibt, und dem ich es in gegenwärtiger Zeit zum bedeutenden Verdienst anrechne, dass es aller politischen Koterie und modernen Frivolität durchaus fremd ist, die jetzt so häufig die Poesie entwürdigen und verzerren.

An Adolf Böttger, 22. Dezember 1845, über dessen Drama »Agnes Bernauer«

Der Lärm der Weltgeschichte muss erst einigermaßen wieder vertosen, damit die Klänge echter Poesie, die nicht auf den breiten Flügeln der Politik daherwütet, hörbar u. verständlich werden.

An Lebrecht Dreves, 28. März 1848

Dass Ihre herrlichen Gedichte noch immer nicht untergebracht sind, ist recht verdrießlich, aber freilich keineswegs überraschend. Schrieben Sie ordinäres Leihbibliothekenfutter für jedes ungewaschene

Maul, so fänden Sie Verleger dutzendweis auf allen Straßen. Ich kenne meine Pappenheimer!

An Lebrecht Dreves, 7. März 1849

Gute Sachen wollen zu guter Stunde gelesen sein.

An Theodor Storm, 9. März 1854

Sie zogen eben über einen freien Bergrücken weg. Die Morgensonne funkelte ihnen fröhlich entgegen. Rosa blickte Friedrich aus ihren großen Augen so frisch und freudig an, dass es ihm durch die Seele ging. Als sie auf den Gipfel kamen, lag auf einmal ein unübersehbar weites Tal im Morgenschimmer unter ihnen. »Viktoria!« rief Leontin fröhlich und schwang seinen Hut. »Es geht doch nichts übers Reisen, wenn man nicht dahin oder dorthin reiset, sondern in die weite Welt hinein, wie es Gott gefällt! Wie uns aus Wäldern, Bergen, aus blühenden Mädchengesichtern, die von lichten Schlössern grüßen, aus Strömen und alten Burgen das noch unbekannte, überschwengliche Leben ernst und fröhlich ansieht!« – »Das Reisen«, sagte Faber, »ist dem Leben vergleichbar. Das Leben der meisten ist eine immerwährende Geschäftsreise vom Buttermarkt zum Käsemarkt; das Leben der Poetischen dagegen ein freies, unendliches Reisen nach dem Himmelreich.«

In unsrer gedruckten Bücher Zeit,
wir alle sind, was wir gelesen,
und das ist unser größtes Leid.

X

Städte, Landschaften, Zeitgenossen

Bayern

Bayern ein fruchtbares u. durchaus herrlich bebautes Land. Auffallend schönes Vieh.

Preußen, Berlin, Potsdam

Es bleibt dabei, von Preußen – das heißt mit andren Worten: von Ew. Exzellenz – kommt mir doch alles wahrhaft Aufregende und Erfreuliche meines Lebens.

An Theodor von Schön, 4. Dezember 1842

Inzwischen lebe ich hier auf dem sogenannten Karlsbade mitten in dem Wirrwarr wie Robinson auf seiner Insel; nur dass ich die enorme Langweiligkeit, welche die Physiognomie Berlins ganz speziell für mich zu haben scheint, oft kaum zu überwinden vermag.

An Theodor von Schön, 9. Juni 1850

Nr. 22
Zweites Beiblatt

Kladderadatsch

Berlin,
den 31. Mai 1914

Eichendorff auf der modernen Chaussee

„Wem Gott will rechte Gunst erweisen, den —

»Eichendorff auf der modernen Chaussee«
Zeichnung von Gustav Brandt, 1914

Unser Lebenslauf ist folgender: Nach 7 Uhr wird aufgestanden u. gefrühstückt, dann gehe ich in die Kirche u. mache darauf meinen Spaziergang unter den Linden, furchtbar langweilig: noch immer die alten Gesichter, die alten Bilder an den Schaufenstern etc.

An Therese Besserer von Dahlfingen, 3./4. November 1855

Wir bewohnen diesen Sommer das Hochgebirge von Berlin: den Kreuzberg vor dem Halleschen Tor.

An Jegór von Sivers, 6. August 1854

Sonst ist von hier aus nichts Bemerkenswertes zu melden, als dass wir auf unserm Kreuzberge anfangs große Kälte, dann barbarische Hitze, endlich tägliche Gewitter, und also bis jetzt von dem ganzen Berge eigentlich nur das Kreuz hatten.

An Rudolf und Marie von Eichendorff, 5. August 1854

Da aber in Norddeutschland der Wein teuer und daher die Nüchternheit wohlfeil ist, auch überdem ein jeder Verstand genug zu haben meint, so entstand jetzt in Berlin, Leipzig usw. eine ungeheure Rührigkeit im Menschenbeglücken und aus dieser jene platte Karikaturliteratur, die wir noch bis auf den heutigen Tag nicht ganz verwunden haben.

Was Deine Potsdamer Melancholie anbetrifft, so kann ich mich so recht in Deine Seele denken, denn auch mir war Potsdam stets zum Sterben langweilig.

An Hermann von Eichendorff, 22. November 1848

Hamburg

Endlich war der merkwürdige Tag da, an welchem wir das schöne längstersehnte Hamburg sehen sollten. Harburg, welches noch 1 Meile von Hamburg entfernt ist, wird von demselben nur durch mehrere Arme der Elbe u. durch einzelne Seen getrennt, so, dass es bloß zu Schiffe möglich ist, hinüberzukommen. Wir begaben uns daher um 7 Uhr des Morgens in den kleinen dasigen Hafen, von wo aus alle Tage um diese Zeit ein Post-Boot die Reisenden nach Hamburg bringt. Auf dem angenehmen Spaziergange bis zum Hafen hatten wir das Vergnügen französisches Militär zu sehen, dessen spießbürgerliches Exterieure eben nicht viel Empfehlendes hat. Besonders liebenswürdig präsentierten sich die Schildwachen, die mit runden Hüten, zerrissenen Strümpfen u. Schuhen, kurz mit allen Reizen der Mannigfaltigkeit angetan, da standen. Mit vielen anderen Reisenden bestiegen wir das Paketboot, u. glitten nun über die silberne Fläche dahin. Es war einer der schönsten Morgen meines Lebens. Rechts streckten sich liebliche Landschaften mit Dörfern, Pavillons u. holländischen Mühlen hin, links eine Menge kleiner niedlicher Inseln mit Schwänen, neben uns flogen mehrere Boote mit roten Segeltüchern u. taktmäßigem Ruderschlag vorüber. Robinson, Campe u. alle die seligen Stunden der Kindheit, die wir so oft von Hamburg verträumt hatten, gaukelten jetzt vor unserer Seele, und mit klopfenden Herzen sahen wir dem Anblicke Hamburgs entgegen. Endlich lag sie vor uns, diese steinerne Welt mit ihren Palästen u. Türmen, u. ein Wald von 1000 u. abermal 1000 himmelhohen Masten, gleich einem wilden Windbruche, deuteten uns den Hafen. Je näher wir demselben kamen, desto öfterer überraschten uns Ungeheuer von Schiffsgerippen, die am Ufer ausgebessert wurden. Endlich langten wir im Hafen an. Welchen Eindruck dieses seltsame in der Welt einzige Schauspiel auf uns machte ist unbeschreiblich. Mit staunendem Entzücken fuhren wir in das tosende Chaos hinein, wie eine fremde Feenwelt umschlossen uns rings die ungeheueren Seepaläste. Hier wurde gezimmert, dort gerudert, dort klommen Matrosen an den Masten hinan, hier schwebten andere am Tauwerke zwischen Himmel u. Wasser, und ein dumpfes Getöse von 1000 Stimmen in hunderterlei Sprachen tönte darein. Nachdem wir bei einer Warte von einem Hamburger Stadt-Offiziere ein examen rigorosum überstanden hatten, landeten wir endlich, u. unser Engländer führte uns alsobald in eine gute Auberge (in den schwarzen Adler neben der preuss. Post), wo wir ein eignes Stübchen bekamen. Hier bot uns das Gewühle von eleganten Equipagen u. Menschen aus allen Nationen ein neues intressantes Schauspiel dar, u. wir waren anfangs von dem Leben u. Treiben dieses ungeheueren Ganzen halb betäubt. Nicht weniger frappierte uns auch die hiesige Lebensweise, welche ein Vorspiel Londons ist. Nirgends nämlich wird hier vor halb 4 Uhr zu Mittag u. zu Abend gegessen. Bier, als gewöhnlichen Trank, scheint man hier nicht zu kennen, überall wird durchaus Rotwein getrunken. Wir speisten immer in unserem Hause an dem glänzenden Table d'hotes, wo wir das Vergnügen hatten, Menschen in 8terlei Sprachen auf einmal sprechen zu hören. (Die 2 schwedischen Dicklinge, die rustikalischen Engländer mit ihrer Mignon, die Champagner-Franzosen, der dicke Wirt, der dänische Husarenoffizier) Abends besuchten wir das deutsche Theater, das dem Breslauer sehr ähnlich, nur größer u. schöner ist …

Heidelberg

Da träumte ihm, er stände auf dem schönen Neckargebirge von Heidelberg. Aber der Sommer war vorbei, die Sonne war lange untergegangen, ihn schauerte in der herbstlichen Kühle. Nur das Jauchzen verspäteter Winzer verhallte noch, fast wehmütig, in den Tälern unten, von Zeit zu Zeit flogen einzelne Leuchtkugeln in die stille Luft. Manche zerplatzte plötzlich in tausend Funken und beleuchtete im Niederfallen langvergessene, wunderschöne Gegenden.

Um diese Zeit fing auch die Weinlese rings um Heidelberg an, u. Felder u. Berge wimmelten anmutig von Menschen. Desto unanmutiger wurden überall gleich große Tonnen mit durchlöcherten Böden mit den Trauben gefüllt, u. ein Kerl mit den isabellfarbensten Füßen von der Welt tanzte darin herum, bis alles zu einem eklichen Brei zermanscht war.

Frankreich

Die französischen Gegenden haben fast durchweg jenes Wunderbare, was sich uns schon bei der Hinreise so oft aufdrängte. Sie erregen, sobald man sie verlassen, die Empfindung, als müsse man durchaus wieder hin, um irgend jemanden zu sprechen, ohne den man nicht glücklich sein kann. Ist man aber da, so erwecken die leisen Hügel, die gleichen Städte, die gleichen breiten Landstraßen und die Eine Manier in dem ganzen Leben der Franzosen, ohne alle hervorstechende Eigentümlichkeit, jenen Heißhunger nach Deutschland, den wir schon in Paris nach den alten treuen Klängen unserer Muttersprache empfunden hatten.

Italien

Ich komme mir vor, wie in einer alten dunklen Kirche. Alle Fenster gehn nach Osten, drauß vor den Fenstern liegt Italia u. andere unzählige blitzende Gefilde in herrlicher Morgenpracht.

An Otto Heinrich von Loeben, 1808

Italien ist ein schönes Land, da sorgt der liebe Gott für alles, da kann man sich im Sonnenschein auf den Rücken legen, so wachsen einem die Rosinen ins Maul, und wenn einen die Tarantel beißt, so tanzt man mit ungemeiner Gelenkigkeit, wenn man auch sonst nicht tanzen gelernt hat.

Täuschung

Ich ruhte aus vom Wandern,
Der Mond ging eben auf,
Da sah ich fern im Lande
Der alten Tiber Lauf,
Im Walde lagen Trümmer,
Paläste auf stillen Höhn
Und Gärten im Mondesschimmer –
O Welschland, wie bist du schön!

Und als die Nacht vergangen,
Die Erde blitzte so weit,
Einen Hirten sah ich hangen
Am Fels in der Einsamkeit.
Den fragt ich ganz geblendet:
»Komm ich nach Rom noch heut?«
Er dehnt' sich halbgewendet:
»Ihr seid nicht recht gescheut!«

Eine Winzerin lacht' herüber,
Man sah sie vor Weinlaub kaum,
Mir aber ging's Herze über –
Es war ja alles nur Traum.

Ich war Tag und Nacht eilig fortgegangen, denn es sauste mir lange in den Ohren, als kämen die von dem Berge mit ihrem Rufen, mit Fackeln und langen Messern noch immer hinter mir drein. Unterweges erfuhr ich, dass ich nur noch ein paar Meilen von Rom wäre. Da erschrak ich ordentlich vor Freude. Denn von dem prächtigen Rom hatte ich schon zu Hause als Kind viele wunderbare Geschichten gehört, und wenn ich dann an Sonntagsnachmittagen vor der Mühle im Grase lag und alles ringsum so stille war, da dachte ich mir Rom wie die ziehenden Wolken über mir, mit wundersamen Bergen und Abgründen am blauen Meer, und goldnen Toren und hohen glänzenden Türmen, von denen Engel in goldenen Gewändern sangen. – Die Nacht war schon wieder lange hereingebrochen, und der Mond schien prächtig, als ich endlich auf einem Hügel aus dem Walde heraustrat, und auf einmal die Stadt in der Ferne vor mir sah. – Das Meer leuchtete von weitem, der Himmel blitzte und funkelte unübersehbar mit unzähligen Sternen, darunter lag die heilige Stadt, von der man nur einen langen Nebelstreif erkennen konnte, wie ein eingeschlafener Löwe auf der stillen Erde, und Berge standen daneben, wie dunkle Riesen, die ihn bewachten.

Ich kam nun zuerst auf eine große, einsame Heide, auf der es so grau und still war, wie im Grabe. Nur hin und her stand ein altes verfallenes Gemäuer oder ein trockener wunderbar gewundener Strauch; manchmal schwirrten Nachtvögel durch die Luft, und mein eigener Schatten strich immerfort lang und dunkel in der Einsamkeit neben mir her. Sie sagen, dass hier eine uralte Stadt und die Frau Venus begraben liegt, und die alten Heiden zuweilen noch aus ihren Gräbern heraufsteigen und bei stiller Nacht über die Heide gehn und die Wanderer verwirren. Aber ich ging immer gerade fort und ließ mich nichts anfechten. Denn die Stadt stieg immer deutlicher und prächtiger vor mir herauf, und die hohen Burgen und Tore und goldenen Kuppeln glänzten so herrlich im hellen Mondschein, als ständen wirklich die Engel in goldenen Gewändern auf den Zinnen und sängen durch die stille Nacht herüber.

So zog ich denn endlich erst an kleinen Häusern vorbei, dann durch ein prächtiges Tor in die berühmte Stadt Rom hinein. Der Mond schien zwischen den Palästen, als wäre es heller Tag, aber die Straßen waren schon alle leer, nur hin und wieder lag ein lumpiger Kerl, wie ein Toter, in der lauen Nacht auf den Marmorschwellen und schlief. Dabei rauschten die

Brunnen auf den stillen Plätzen, und die Gärten an der Straße säuselten dazwischen und erfüllten die Luft mit erquickenden Düften.

Österreich

An der Grenze

Die treuen Berg stehn auf der Wacht:
»Wer streicht bei stiller Morgenzeit
Da aus der Fremde durch die Heid?« –
Ich aber mir die Berg betracht
Und lach in mich vor großer Lust,
Und rufe recht aus frischer Brust
Parol und Feldgeschrei sogleich:
Vivat Östreich!

Da kennt mich erst die ganze Rund,
Nun grüßen Bach und Vöglein zart
Und Wälder rings nach Landesart,
Die Donau blitzt aus tiefem Grund,
Der Stephansturm auch ganz von fern
Guckt übern Berg und säh mich gern,
Und ist er's nicht, so kommt er doch gleich,
Vivat Östreich!

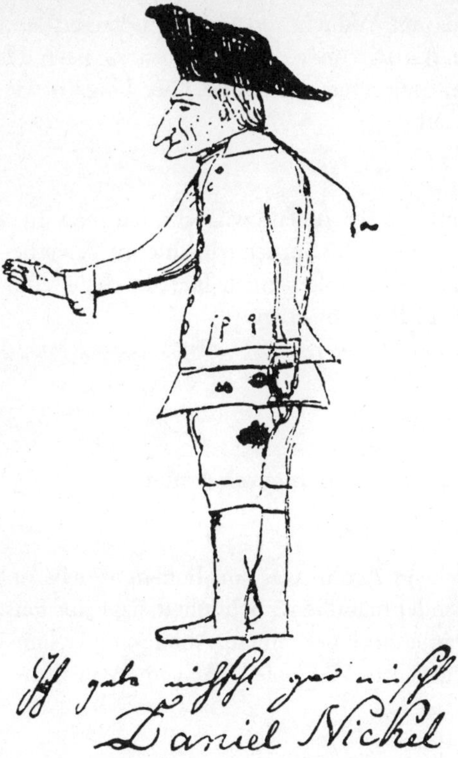

»Ich gebe nichscht gar nischt«
Zeichnung Eichendorffs von seinem Hausdiener
Daniel Nickel, 1806

Abends mit Wilhelm im Casperl (Zauberflöte) gewesen. Als wir über die Schlagbrücke nach Hause gingen, ging eben der Mond über Ungarn wie ein Brand auf.

Was man in der Jugend wünscht, hat man im Alter vollauf. Dieser alte Spruch trifft hier in Wien bei mir ein, die Leute wollen mich hier durchaus zum berühmten Manne machen.

An Hermann von Eichendorff, 9. Februar 1847

Achim von Arnim

Achim von Arnim war von hohem Wuchs und so auffallender männlicher Schönheit, dass eine geistreiche Dame einst bei seinem Anblick und Namen in das begeisterte Wortspiel: »Ach im Arm ihm« ausbrach …

Schlegel und Hegel

Frische Fahrt denn, nah und fern,
Allen mut'gen Seglern,
Die getreu dem rechten Stern,
Schleglern oder Heglern!

Goethe und Schiller

Über beide Dichter ist schon so viel Gescheites und Verkehrtes, ja einander geradezu Widersprechendes geschrieben worden, dass diese Literatur die Zahl ihrer eigenen Werke bei weitem übersteigt.

Toast

Auf das Wohlsein der Poeten,
Die nicht schillern und nicht goethen,
Durch die Welt in Lust und Nöten
Segelnd frisch auf eignen Böten.

FROMME GRÄFIN. Nein, nein nein! Goethe ist verloren. Dieser mangelnde Glaube an Tugend, hohe Weiblichkeit und schöne Seelen –. Hat er es doch nicht lassen können, mich selbst mit heidnischer Schadenfreude durch Wilhelm Meisters bekannte Mummerei vor aller Welt zu kompromittieren.

ALTDEUTSCHER JÜNGLING. Zu verzweideutigen, wollen Sie sagen.

FROMME GRÄFIN. Und hätt ich nicht noch in Quedlinburg Gelegenheit gefunden, mich gegen Hr. Meister weitläufig zu expektorieren. –

ALTDEUTSCHER JÜNGLING. Auszubrusten, meinen Sie.

FROMME GRÄFIN *zu Bertha leise.* C'est insupportable! Der junge Mann hat keine gehörige Edukation! *Laut.* Ich sage, ohne Quedlinburg könnte die Welt in der Tat denken –

BERTHA. Beste Gräfin, die Welt wird immer denken, was ihr beliebt. Aber Goethe ist und bleibt unstreitig die potenzierte Vitalität, die in dem Umschwunge ihrer universellen Polarität den Reflex aller Zeiten und Religionen im Zentrum objektiviert, wobei es denn begreiflich auf einige schöne Seelen eben nicht ankommen kann.

ENTHUSIAST. Göttlich! göttlich, hohe Frau! Erlauben Sie, dass ich Sie anbete!

BERTHA. Sehr gern.

Schiller gehört überhaupt, schon durch die gewählte Pracht seiner Diktion, wesentlich zu den gelehrten Kunstdichtern. Es dürfte daher auf den ersten Blick befremden, wie er, wenigstens nach der Versicherung der neuesten Literarhistoriker, so schnell und allgemein ein Liebling der Nation werden konnte. Allein diese Annahme ist im Grunde nur eine gemütliche Illusion. Er hat bei aller hergebrachten Bewunderung, gleich Klopstock, nie recht lebendig ins Volk gegriffen, und seine Stücke gehen nur noch selten, und vor meist leeren Bänken, über die Bühne. Er war und ist in Wahrheit nicht ein Liebling des Volks, sondern nur der sogenannten Gebildeten.

XI

Aphoristisch und weise

Lass das Bangen, lass das Trauern,
Helle wieder nur den Blick!

Wo ein Begeisterter steht, ist der Gipfel der Welt.

Horche immer auf der Menge Lehren,
Viele Köpfe haben viel Verstand.
Dass die Damen sich nicht von dir kehren,
Zeig dich angenehmer und charmant.
Liebe mäßig, trinke, fluche, schwöre
Mehr nicht als sich passt für deinen Stand.
Weshalb die zufriedne Welt verstören
Mit der Leidenschaften wildem Brand?

Verliebte und Verrückte sind leicht zu betrügen, sie gehen beide geradeaus auf ihre fixierten Ideale los –

Du aber hüt den Dämon, der in der Brust dir gleißt,
Dass er nicht plötzlich ausbricht und wild dich selbst zerreißt.

Ein Philosoph gibt nichts auf Kleider, große Männer haben große Blößen.

... ich sitze hier auf meiner höhern Bildung, wie auf Kohlen.

... viel Denken ist bedenklich, denn es stört die Verdauung.

Werktag

Wir wandern nun schon viel hundert Jahr,
Und kommen doch nicht zur Stelle –
Der Strom wohl rauscht an die tausend gar,
Und kommt doch nicht zur Quelle.

Aus einem Fels geboren,
Verteilen kühlerauschend sich zwei Quellen,
Die eigne Bahn zu schwellen;
Doch wie sie fern einander auch verloren:
Es treffen echte Brüder
Im ew'gen Meere doch zusammen wieder.

An Otto Heinrich von Loeben,
8. April 1814

… wer ehrlich will, was er soll, der kann auch, was er will!

Memento mori

Schnapp Austern, Dukaten,
Musst dennoch sterben!
Dann tafeln die Maden
Und lachen die Erben.

Morgenstunde ist die stille Saatzeit der Gedanken.

Trinken und Singen

Viel Essen macht viel breiter
Und hilft zum Himmel nicht,
Es kracht die Himmelsleiter,
Kommt so ein schwerer Wicht.
Das Trinken ist gescheiter,
Das schmeckt schon nach Idee,
Da braucht man keine Leiter,
Das geht gleich in die Höh.

Zeichnung von Bernd Gutzeit, 1977

Nur arbeiten Sie nicht in der Nacht, so verlockend auch die phantastische Stille und Ruhe sein mag. Die Nacht ist keines Menschen Freund, wenigstens nicht seiner Gesundheit, das weiß ich aus eigener Erfahrung.

An Jegór von Sivers, 14. November 1853

Gesundheit? – Hm, man muss eben zufrieden sein, schlaflose Nächte, eine gewisse Unlust zum Arbeiten, brennender Durst – das alte Übel.

Viel Jugend, ein wenig Naseweisheit, und noch weniger Verstand – eine üble Komposition.

Ach, der Tod hat einen schlechten Geschmack, er mag lieber alte Weiber, als junge Mädchen.

Mit großem Interesse u. innigster Teilnahme habe ich Ihre Erlebnisse des vorigen Jahres vernommen: den herben Verlust Ihrer liebreichen Frau Mutter u. Ihre innere u. äußere Vereinsamung; das alles fühle ich recht in Ihrer Seele mit, u. sage daher zu Ihrem Wunsche, dass Ihnen das neue Jahr eine liebe u. treue Gattin bescheren möge, aus vollem Herzen Amen! Die 35 Jahre schaden dabei gewiss nicht; vielleicht das günstigste Alter für solche Wahl, die nicht bloß den Frühling, sondern auch den schwülen Sommer, Herbst u. Winter des Lebens mit umfasst.

An Lebrecht Dreves, 22. Februar 1852

Feine Lebensart ist wie ein guter Firnis, den die gemeine Luft nicht angreift.

… jede Nachahmung aber, weil sie denn doch immer etwas Neues und Apartes aufweisen will, gerät unfehlbar in das Übertreiben und Überbieten des Vorbildes.

Argwohn verdreht der Dinge klaren Sinn,
Und aus dem Missverständnis wächst die
Zwietracht. –
So darf es nimmer bleiben, liebe Brüder,
Sag's jeder freiheraus doch was er sinnt!
Wie helle Blitze die Gewitterschwüle,
Bricht ehrlich Wort und rechte Gegenrede
Verhaltnen Groll. –

Es ist also gut, mit dem Laster bekanntzuwerden, um aus Überzeugung Tugend zu lernen …

Der Herr behüte Sie auf Ihren Holzwegen!

Es kann ein Mensch lange Zeit in den besten Grundsätzen wie ein Schneemann eingefroren sitzen, aber die lustigen Frühlingsbäche unterwaschen schon heimlich plaudernd und neckend den Sitz unter ihm – ein Laut, der leise Flug eines Vogels: und er stürzt kopfüber und verschüttet alle guten Vorsätze wieder. –

Und so genieße man denn jeden Augenblick; aber nicht ohne Arbeit, weil sie Gesundheit schafft; und mit Maßen, weil ohne Mäßigung auch die natürlichsten Begierden zu Quellen des Schmerzes werden, der den Keim eines künftigen Vergnügens zernagt. Mäßigung ist daher Weisheit, und nur dem Weisen ist es gegönnt, den Becher der reinen Wollust, den die Natur jedem Sterblichen voll einschenkt, bis auf den letzten Tropfen auszuschlürfen.

Ungeduldig verließ er von neuem das Haus, und es fehlte wenig, dass er in einer Aufwallung nicht sogleich gar wieder fortreiste. Müßig und unlustig schlenderte er durch die Gassen zwischen den fremden Menschengesichtern, ohne zu wissen, wohin. Die ersten Stunden und Tage, die wir in einer großen, unbekannten Stadt verbringen, gehören meistens unter die verdrüsslichsten unsers Lebens. Überall von aller organischen Teilnahme ausgeschlossen, sind wir wie ein überflüssiges stillstehendes Rad an dem großen Uhrwerke des allgemeinen Treibens. Neutral hängen wir gleichsam unser ganzes Wesen schlaff zu Boden und haschen, da wir innerlich nicht zu Hause sind, auswärts nach einem festen, sichern Halt.

… Gedanken kreuzen wild, wie Möwen
In ungemessner Luft, wenn übers Meer
Von fern der Sturm die grausen Flügel spannt.
Wer sagt in solcher Zeit, woher sie kamen,
Wohin sie gehn? –

Gedanken sind ja Schwingen.

Und *wie* er dehnt die Flügel aus,
Und *wie* er auch sich stellt,
Der Mensch kann nimmermehr hinaus
Aus dieser Narrenwelt.

Denn besser mit einem Haufen Narren, dachte er übellaunisch, als mit einem allein.

Dichterlos

Für alle muss vor Freuden
Mein treues Herze glühn,
Für alle muss ich leiden,
Für alle muss ich blühn,
Und wenn die Blüten Früchte haben,
Da haben sie mich längst begraben.

Denn was ist denn eigentlich die Jugend? Doch im Grunde nichts anderes, als das noch gesunde und unzerknitterte, vom kleinlichen Treiben der Welt noch unberührte Gefühl der ursprünglichen Freiheit und der Unendlichkeit der Lebensaufgabe. Daher ist die Jugend jederzeit fähiger zu entscheidenden Entschlüssen und Aufopferungen, und steht in der Tat dem Himmel näher, als das müde und abgenutzte Alter; daher legt sie so gern den ungeheuersten Maßstab großer Gedanken und Taten an ihre Zukunft. Ganz recht! denn die geschäftige Welt wird schon dafür sorgen, dass die Bäume nicht in den Himmel wachsen und ihnen die kleine Krämerelle aufdrängen. Die Jugend ist die Poesie des Lebens, und die äußerlich ungebundene und sorgenlose Freiheit der Studenten auf der Universität die bedeutendste Schule dieser Poesie, und man möchte ihr beständig zurufen: sei nur vor allen Dingen *jung*! Denn ohne Blüte keine Frucht.

– und es war alles, alles gut!

Textnachweise

Zitierte Ausgaben

B Joseph von Eichendorff: Briefe 1794–1857. Text. Hrsg. von Sibylle von Steinsdorff. Stuttgart [u. a.]: Kohlhammer, 1992. (Sämtliche Werke des Freiherrn Joseph von Eichendorff. Historisch-kritische Ausgabe. Bd. 12.)

W Joseph von Eichendorff: Werke. Bearb. von Marlies Korfsmeyer, Klaus-Dieter Krabiel und Jost Perfahl. 5 Bde. München: Winkler, 1970–88.

Siglen der Werktitel

AG Ahnung und Gegenwart
Bi Bilderbuch aus meiner Jugend
DG Dichter und ihre Gesellen
DR Der deutsche Roman des achtzehnten Jahrhunderts in seinem Verhältnis zum Christentum
E Erlebtes
Ez Ezelin von Romano
F Die Freier
FL Frühling und Liebe
GD Zur Geschichte des Dramas
GE Meierbeths Glück und Ende
GG Geistliche Gedichte
GP Die geistliche Poesie in Deutschland
Gr Die Glücksritter
HM Der letzte Held von Marienburg

HT Hermann und Thusnelda
J Julian
KP Krieg den Philistern
Lä Viel Lärmen um Nichts
LF Libertas und ihre Freier
Li Liebe versteht keinen Spaß
M Märchen
Na Nachlese der Gedichte
No Novellen von Ernst Ritter
PS Politische Schriften
R Romanzen
RP Zur Geschichte der neuern romantischen Poesie in Deutschland
S Sängerleben
SP Die deutsche Salon-Poesie der Frauen
T Aus dem Leben eines Taugenichts
Tb Tagebücher 1798–1815
To Totenopfer
U Unstern
Wa Wanderlieder
Z Zeitlieder

Zur Textgestalt

Die aus der Münchner Werkausgabe zitierten Texte folgen mit Ausnahme der Tagebücher im vierten Band der Druckvorlage. Bei Texten aus den Tagebüchern sowie bei Briefen aus der historisch-kritischen Ausgabe wurde die Orthographie dem heutigen Gebrauch behutsam angeglichen. Eigennamen blieben in der Schreibung Eichendorffs erhalten (z.B.: Göthe). Textauslassungen der Herausgeber sind durch Auslassungspunkte gekennzeichnet; nur an einer Stelle (S. 93: *Ein Auswan-*

derer) stammen die drei Punkte von Eichendorff. Das Titelzitat steht in einem Brief an Theodor von Schön vom 19. April 1850 (B,255).

I

Autobiographisches Präludium

19 U; W II,648–651. | **24** Tb; W IV,440.

II

Wandern durch Wiesen und Wälder

25 1 B,255. | 2 S; W I,85. | 3 T; W II,565 –567. | **29** Wa; W I,52. | **30** 1 Wa; W I,77 f. | 2 Lä; W II, 700. | **32** 1 Wa; W I,55. | 2 Na; W IV,61. | 3 Gr; W II,902. | **33** Wa; W I,79 f. | **34** 1 Li; W IV,252. | 2 Z; W I,152 f. | **35** S; WI,107 f. | **36** Wa; W I,47. | **37** GE; W I,594.

III

Von Sehnsucht und Verlorenheit

38 1 HM; W I,771. | 2 Wa; W I,69. | 3 To; W I,240. | **40** 1 S; W I,118 f. | 2 GG; W I,285. | **41** Wa; W I,66. | **42** FL; W I,184. | **43** S; W I,90. | **44** GG; W I,289. | **45** 1 GG; W I,285. | 2 Wa; W I,67. | **46** GG; W I,279. | **48** Z; W I,176 f. | **49** GG; W I,270. | **50** To; W I,251. | **51** 1 To; W I,249. | 2 FL; W I,236 f. | **53** 1 R; W I,316. | 2 R; W I,316. | **54** KP; W I,489.

IV

Märchenhaft und humoristisch

55 S; W I,102 f. | **56** M; W IV,117 f. | **58** 1 LF; W II,919 f. | 2 DG; W II,473. | **59** M; W IV,111–116. | **68** S; W I,110.

V

Vaterland und Europa

69 1 B,255. | 2 S; W I,124. | 3 B,45. | **70** 1 B,232. | 2 Z; W I,168. | 3 B,232. | 4 B,36. | **71** B,28. | **72** 1 E; W I,917. | 2 PS; W V,142 f. | 3 B,16. | **73** 1 Na; W IV,72 f. | 2 GE; W I,582. | **74** 1 DR; W III,260. | 2 Na; W IV,40 f. | **76** GD; W III,515 f. | **78** 1 B,4. | 2 E; W I,898 – 903. | **89** 1 E; W I,918. | 2 Z; W I,173. | **90** E; W I,949. | **91** GG; W I,288. | **92** 1 FL; W I,187. | 2 U; W II,653. | **93** 1 B,244. | 2 Na; W IV,82–88.

VI

Gotteslob und Gottesdank

101 GG; W I,267 f. | **102** 1 KP; W I,516. | 2 Wa; W I,70. | 3 GD; W III,485. | **103** 1 Wa; W I,59. | 2 GG; W I,289 f. | 3 GG; W I,292 f. | **104** 1 FL; W I,194. | 2 Wa; W I,75. | **105** 1 B,168. | 2 GG; W I,284. | **106** 1 B,11. | 2 GG; W I,272. | 3 GG; W I,274 f. | **107** 1 DG; W II,501. | 2 GG; W I,254.

VII

Die Frauen und die Liebe

108 1 Wa; W I,58 f. | 2 AG; W II,125. | **109** Wa; W I,56. | **110** FL; W I,205 f. | **111** R; W I,318 f. | **112** 1 F; W I,884. | 2 Na; W IV,62. | 3 R; W I,326 f. | **113** No; W III,102 f. | **114** 1 F; W I,875. | 2 FL; W I,219 f. | **116** R; W I,330 f. | **117** FL; W I,214 f. | **118** SP; W III,87 f. | **121** 1 FL; W I,197 f. | 2 B,69 f. | **122** 1 Ez; W I,637. | 2 AG; W II,75. | **123** 1 AG; W II,68. | 2 DG; W II,365.

VIII

Von der Erhabenheit des Krieges

124 1 HT; W IV,239. | 2 Z; W I,163 f. | **125** 1 HM; W I,788. | 2 Wa; W I,49. | **126** 1 HM; W I,788. | 2 HM; W I,794. | 3 Ez; W I,623 f. | **127** HM; W I,828. | **128** 1 AG; W II,206. | 2 S; W I,130. | **129** E; W I,948 f. | **130** 1 B,39. | 2 J; W I,385. | 3 J; W I,399.

IX

Dichtung und Dichterleben

132 1 Li; W IV,258. | 2 Na; W IV,63. | 3 B,313 f. | **133** 1 DG; W II,417. | 2 DG; W II,297. | 3 Li; W IV,247 f. | **135** 1 B,117. | 2 B,52. | 3 B,99. | 4 B,91. | **136** 1 FL; W I,201. | 2 S; W I,119. | **137** 1 RP; W III,36. | 2 DG; W II,351. | **138** 1 DG; W II,297. | 2 RP; W III,49. | 3 B,163. | **139** 1 B,185. | 2 B,204. | **140** 1 B,220. | 2 B,234. | **141** 1 B,329. | 2 AG; W II,37. | **142** Bi; W IV,220.

X

Städte, Landschaften, Zeitgenossen

143 1 Tb; W IV,575. | 2 B,187. | 3 B,260. | **145** 1 B,375 f. | 2 B,338. | 3 B,336. | 4 GP; W III,146. | **146** 1 B,228. | 2 Tb; W IV,502–504. | **149** 1 Lä; W II,681. | 2 Tb; W IV,598. | **150** 1 B,7. | 2 B,10. | **151** 1 T; W II,585. | 2 Wa; W I,70. | **152** T; W II,613 f. | **154** Wa; W I,78. | **156** 1 Tb; W IV,668. | 2 B,210. | 3 E; W I,933. | **157** 1 S; W I,114. | 2 GD; W III,471. | 3 S; W I,116. | **158** KP; W I,513. | **159** GD; W III,480 f.

XI

Aphoristisch und weise

160 1 S; W I,100. | 2 AG; W II,173. | 3 GE; W I,581. | 4 F; W I,873. | 5 J; W I,409. | **161** 1 F; W I,875. | 2 KP; W I,515. | 3 KP; W I,480. | 4 GG; W I,269. | 5 B,34. | **162** 1 AG; W II,379. | 2 GG; W I,294. | 3 F; W I,841. | 4 S; W I,111 f. | **163** B,314. | **164** 1 F; W I,868. | 2 Ez; W I,644. | 3 Ez; W I,664. | 4 B,277. | **165** 1 DG; W II,384. | 2 E; W I,906. | 3 HM; W I,790. | 4 DR; W III,286. | 5 F; W I,878. | **166** 1 DG; W II,381. | 2 DR; W III,288. | 3 AG; W II,120. | **167** 1 Ez; W I,610. | 2 Na; W IV,70. | 3 S; W I,106. | **168** 1 AG; W II,155. | 2 S; W I,118. | 3 E; W I,950. | **169** T; W II,647.

Verzeichnis der Abbildungen